あっぱれ!!
わけあり夫婦の花火屋騒動記

しそたぬき

富士見L文庫

目次

序章

「なあ、じい様」

「なんだ？」

煙管《きせる》に煙草《たばこ》を詰めていたじい様が、日に焼けた顔を上げる。

「江戸《えど》ってのは大きな村なんだよなあ？」

「江戸？　そりゃあ、天下の将軍さまがおわす所だ。大きいに決まっとる」

「人も、多いかね？」

「多いじゃろう。この村の百倍はおる」

じい様は村一番の物知りだ。

この村の人口は百人余りなので、その百倍といえば万を数える。隣村の秋祭より人が集まる所を知らぬおらにとっては、想像すら出来ない数だ。

「はあ〜、そりゃあすげえ。江戸ってのはそんなにも人が多い所なんだね。でも、そんだけ人がおったら――」

その先の言葉は飲み込んだ。

不思議そうな顔をするじい様に、別の事を尋ねる。

「どうして江戸には、そんなに人が集まっとるの？」

「なんでも初代の将軍さまは江戸に移る時、生まれ育った土地から大勢人を連れて行ったらしい。三代目の将軍さまは全国のお殿さまに仰山人を引き連れて江戸へ来るよう申し付けたそうだ。だから、江戸には日本中から人が集まっとる。それに狐《きつね》や狸《たぬき》も随分とおるらしい。人に化けて暮らしとって、日々化かし合いを繰り広げとる。なんでも、将軍さまがお許しになったんやと」

狐や狸なら、うちの村の裏山にもたくさんいる。でも、山からは滅多に下りてはこない。

「ほうか、将軍さまが。将軍さまちゅうのも、存外寂しがり屋なんだな」

「ほうじゃ。人は一人では生きて行けん。それは将軍さんでも百姓でも同じだ」

そう聞くと、遥《はる》か雲の上の将軍さまが、急に身近な存在に思えてくる。

さすがにじい様は物知りだ。

「なあ、じい様。おら、江戸へ出てみようかと思う」

「江戸へ？　どうした、何かあったんか？」

じい様は煙管を落としそうになるくらい驚く。心配してくれているのだ。それが涙が出る程ありがたくも、やっぱり申し訳なくなる。

「いやあ、何もねえ。何もねえよ」

そう何もないのだ、おらに出来る事が。

じい様はしばらくじっとおらの顔を見ていたが、やがて煙管に火を入れ吸い出す。美味《おい》しそうに煙を燻《くゆ》らすその姿を見ていると、なぜかわけもなく嬉《うれ》しくなった。

それから暮れなずむ空を見上げて、おらはもう一度、まだ見ぬ江戸という日ノ本一大きな村に想《おも》いを馳《は》せる。

(江戸には大勢の人がおる。そんなに人がおるんじゃったら、一人くらい、おらを必要としてくれる者がおるんではなかろうか？　おらが、おらでも、笑顔に出来る人がおるんではなかろうか？)

第一章【晴雲秋月】

ガタガタガタッ!!

せわしない音が天井を駆け抜けていく。

「……猫、かな?」

「……猫、みたいですね」

突然降ってきた音に、息を殺し、染みだらけの天井を見つめていた大家と目が合う。お互い強張《こわば》らせていた体から、力が抜けていくのが分かった。

ここは江戸《えど》の外れの貧乏長屋。ボロさにかけては定評がある。今みたいに猫が屋根の上を走り回るだけで大騒動。その度に天井が抜け落ちてきやしないかと、冷や冷やしなくちゃならない。おちおち昼寝も出来ない。

「走り回るのがねずみくらいなら大丈夫。猫で五分五分。盗《ぬす》っ人《と》だったら諦めなさい」

とは、目の前にいる大家の言葉。天井の強度の話だ。分かっているなら直してほしいが、それとこれは別の話らしい。もっともこんな貧乏長屋に忍び込む盗っ人が居るのかといえば、甚だ疑問だ。盗っ人だって商売。わざわざ儲《もう》かりそうにない長屋に好んで忍び込んだりしないだろう。

おっと、挨拶がまだだった。あたしの名はソラ。この貧乏長屋、通称『わけあり長屋』に住んで一年あまりになる。

なぜ〝わけあり〟なのかって？　そりゃあ、単純な話でわけありなのだ。長屋も、住人も。

「それで、話というのは何でしょう？　しかもこんな朝早くから」

出かかった欠伸《あくび》を噛《か》み殺す。ちなみにいまは明け六つ（午前六時）を回ったところ。

「おお、そうでした、そうでした」

猫のせいで中断してしまった話に話題を戻すと、大家の爺様《じいさま》は懐から一枚の紙を大事そうに取り出す。丁寧に広げてこちらに寄越すので、受け取ってみれば人相書。

おっ、と声が出る。人相書とくれば事件だ。平静を装いつつも血が騒ぐ。

「これは悪そうな顔ですねえ。何の下手人です？　放火、押入り、不義密通、わかりました辻斬《つじぎ》りですね？」

思いつくままに罪状を並べていけば、大家は眉根を寄せて嫌そうな顔をする。

「これこれ、そんな物騒な事を言うもんじゃありません。それに人様を罪人扱いするなんて、罰が当たりますよ。ましてやこの人は、おソラさんの旦那さまになるかもしれない人なんですから」

だ・ん・な？

すっかり耳にタコが出来てしまった言葉に、今度はあたしの眉間に皺《しわ》が寄る。

「ひょっとして、また縁談話ですか？」

「ええ、また縁談話です」

大家は満面の笑みで答え、あたしはがっくりと肩を落とす。

「人相書なんて出すから、何事かあったのかと楽しみにしてたのに。そうですか、縁談ですか」

唇を尖《とが》らせながら、もう一度人相書を取り上げる。親の仇《かたき》でも見るような気持ちで、紙の中の男を睨《にら》む。

「そんな事言いなさんな。おソラさんが男は顔だって言い張るから、わざわざ町絵師に描いてもらったんですよ。どうです、よく描けているでしょ？」

そんな事言っただろうか？　いや確かに言った覚えはある。だが、だとしたら変だ。あたしの好みは火消し衆のように鯔背《いなせ》な二枚目だと伝えたはずなのだが……。

「なるほど、年の頃は三十の終わりから四十の初め。取り繕うような笑顔を浮かべてるところを見ると、どこぞの商家の奉公人ですね？　察するに通い奉公が許されたから嫁を探している、ってところでしょうか」

大家の爺様は細い目をわずかに見開く。

「いやはや、その通りですよ。相変わらず鋭いねえ、おソラさんは。そんなに鋭いと、旦那になる男はうかうか浮気も出来ませんね。こりゃあ、先方に伝えておかないと」

嘘《うそ》か本気か、懐から帳面なんぞ取り出して書きつけている。

「ただの当てずっぽうです。それにこの似顔絵がよく描けているから。これが罪人ならすぐに捕まりますよ、きっと」

「そんな皮肉を言ってないで。まあ、話をお聞きなさい。加賀屋《かがや》さんは知っているかい？　そうそう、一石橋《いっこくばし》近くの小間物屋の。この人はねえ、その加賀屋さんの番頭で竹蔵《たけぞう》と言います。なかなか見所のある男でねえ、この度晴れて通いを許されたんです。これを機に嫁を娶《めと》らそうと加賀屋の旦那は考えなさったんだが、これが四十過ぎだっていうのに将来を約束したおなご一人いない始末。旦那さんが心配してねえ、誰かいい娘は居ないかと私に相談に来られたんですよ」

「またですか？」

「ええ、またです」

この爺様、確か一か月程前は左官の親方に相談されたと言っていた。その前は小料理屋の店主で、さらに前は魚河岸にある魚屋の親父《おやじ》だったはず。みんな嫁の相談だ。

「お知り合いが多いんですね」

「ええ、ありがたいことに、皆さんから頼られています」

こちらの皮肉など何のその。いけしゃあしゃあと答えた挙句、煙管などふかしてやがる。

この、

「古狸《ふるだぬき》」

「うん？　何か言いましたか？」

「いいえ、何も」

さりげなく惚《ぼ》ける。昔から猫を被《かぶ》るのは得意なのだが、時たま本音が猫も被らずに出てくる事がある。問題はその本音というのが、大概相手の気分を損ねる一言だという事。相手が目上だろうが、何だろうが飛び出してしまうのがこの悪癖の厄介なところ。

幸い、今回は大家が聞き逃してくれてほっとした。大家の爺様もいい年だから、流石《さすが》に耳は遠くなって……、

「まあ、古いはいいとしても狸はいけませんねえ。狸は間抜けな印象がある。ここは一つ、

古狐《ふるぎつね》でどうでしょうかね？」

ポンと、煙草盆《たばこぼん》に灰を落とす。

「そうですね。その方がよさそうだ」

しっかり聞こえていやがった。

「とにかくあたしは嫁になんか行くつもりはありませんし、仕方がありません」

「そうかい？　そこまで言うんだったら、仕方がありませんね。こちらの件は、私から断っておきましょう」

こちらが強固な姿勢を示すと、あっさりと大家は引き下がった。ここらが潮時と踏んだのだろうが、そんなに潔く撤退されると拍子抜けしてしまう。前はもう少し、あれやこれやと粘って来たのに。思いがけずつっかえ棒を取っ払われれば、前につんのめってしまう。

「あの、大家さん……」

「ああ、心配しなさんな。先程の話じゃないが、こう見えて私は少しばかり顔が広い。酒問屋や瀬戸物屋の旦那衆とも仲がいいんです。鳶《とび》や大工の頭《かしら》連中とは囲碁仲間だし、旅籠《はたご》屋《や》や船宿なんかにも知り合いが多いんですよ」

「はあ」

何と言っていいか分からず、呆《ほう》けたあたしに向かって大家は穏やかに微笑《ほほえ》む。その顔が実に、醜悪で。

「つまり縁談話には事欠かないという事です。では、また来ますね」

「また、ですか」

口元が引《ひ》き攣《つ》る。


ふっと思い立って、去り際の大家に声を掛ける。

「ちなみに、縁談は嫁入りの話ばかりですか？」

「うん？　どういう事だい？」

「いえね、婿入り先を探している、なんて人はいないですかねえ？」

すると大家は目を丸くする。

「おソラさん、まだそんな事を考えていたのかい？　確かに二男《じなん》三男の婿入り先を探している旦那もいる。だけどねぇ、流石におソラさんの所へ婿入りしたいって奴はいないよ」

「ですよねぇ」

半ば予想していた事なので気落ちはしない。

そんなあたしの気持ちを知ってか知らずか、大家は続ける。

「そりゃあそうさ。ただでさえ危険な商売の上にあれだろ？　あんな騒動を起こした店になんて誰が婿入りしたいと思うかね」

御尤《ごもっと》もではある。ではあるが、そこまではっきり言われると腹も立つ。なにしろ自分の店の話だ。

「ちょっと大家さん、幾ら何でも――」

「まあまあ怒らない怒らない。気持ちは分かるよ。だが、もう店の方は諦めたらどうかね？　そしたらこの私が誰はばかる事のない、いい嫁入り先を探してあげるから」

「……」

沈黙を了承と捉えたのか、大家の爺様は年を感じさせない弾むような足取りで帰っていった。まるで楽しみが先延ばしになったのを喜ぶかのように。

暗澹《あんたん》たる気持ちでため息を一つ。


空を見上げれば、お天道《てんと》さまが眩《まぶ》しい。

今日もいい天気。昼には汗ばむ程の陽気になりそうだ。もう葉月（八月）も半ば。暦の上では秋のはずだが、どっかりと腰を下ろした夏は当分動きそうにない。このまま夏が永遠に続きそうな気さえしてくる。

それでも吹き抜ける風には秋の匂い。

季節はゆっくりとだが、確かに移ろっている。

「来たか?」

「来た」

「やられたか?」

「やられた」

深刻な顔で発せられる問いかけに、あたしも渋面をもって答える。

ここは『わけあり長屋』にある井戸端。洗濯だ、水汲《みずく》みだと何かと慌ただしい朝の喧騒《けんそう》も一段落する時刻。旦那持ちのおかみさん達が部屋へと引き上げ、いま残っているのは独り身で時間を持て余す三人の若い娘。

「そうか、やられたか。ソラの所に来たとなると、次は確実に俺か、おシノの所だな」

突き合わされた三つの顔。向かって右側の輩《やから》が、その形のよい顎を摘《つま》む。

そんな仕草一つとっても実に男前なのだが、歴《れっき》としたおなご。すらりとした長身に、長い手足。キリリとした眉と涼し気な目元が印象的。顎に手をあて、苦い顔で唸《うな》る姿も実に絵になる。

例えるなら鳥居清長《とりいきよなが》。初めて清長の描いた十頭身はありそうな美人を見た時、一際背の低いあたしは叫んだ。こんな女居るか！　と。しかしまさか絵から抜け出したかのような女が居ようとは。初めてこいつに会った時の衝撃は今も鮮明に覚えている。

女の名はタキ。『わけあり長屋』の住人であり、自称江戸一の遊び人。

「ふう〜、大家さんの趣味にも困ったものね」

今度は左側のおなごが、大きな胸元を揺らしながら息を吐く。その吐息はなぜか甘い。こちらは喜多川歌麿《きたがわうたまろ》か。ふっくらした頬に、ぽっちゃり唇。何より胸をはじめ実り豊かな肢体が特徴の歌麿美人。

ぱっと見は、頼めば何でも聞いてくれそうなおっとりお姉さま。なのにふとした仕草に漂う色気が凄《すご》い。女のあたしでもくらっとくるのだから、男など一溜まりもあるまい。それでいて本人は無自覚なのだから、一層に恐ろしい。

名はシノ。同じく長屋の住人。普段は音曲の師匠をしている。当然というか、弟子入りしてくるのは男ばかりなり。

タキとおシノちゃん、そしてあたし。年齢が近い上に、三人とも気楽な独り身。よく三人で集まっておしゃべりに興じている。話題は町で評判の芝居や流行の柄、近所の噂話《うわさばなし》から将軍さまのお手付きの話まで様々。あとは恋の話もちらほら。

そんなあたし達の今日の話題は、悩み事。

女が二十歳を越えると年増だ、行き遅れだと、やたらと周りが煩《うるさ》くなる。そんな年頃のあたし達には、最近困っている事がある。大家の道楽だ。もっと正確に言えば、大家の爺様が見合い話を片手に、朝も早よから家の戸を叩《たた》き、長々と居座り喋《しゃべ》り倒していくという悩みである。

今朝はあたしが犠牲になった。

「ここしばらくは音沙汰がなかったからすっかり油断していたぜ。あぶねえ、あぶねえ」

「またどこからか嫁を探している男を、たんまりと見つけて来たんでしょうね。暫《しばら》く続くわよ、これは」

そろってため息が出た。

うちの『わけあり長屋』の大家は縁談の仲介、早い話、未婚の男女を結婚させる事こそが生き甲斐《いがい》。一種の使命感さえ抱いている。

「大家と店子《たなこ》は親子も同然。子の幸せを願うのは、これ親の務め。娘の幸せのためなら、私は骨身を惜しみませんよ」

好々爺《こうこうや》然とした顔で、平気で宣《のたま》う。そして、連日明け六つから、縁談小脇に抱え、人の家の戸を叩く。

初めて襲来を受けた時は、その厚かましさと執拗《しつよう》さに閉口した。

女の朝は、化粧だ髪結《かみゆい》だと何かと忙しい。迷惑だ。はっきり言って迷惑だ。

「また江戸には嫁を探している男がごまんと溢《あふ》れているから。縁談の仕入れ先には事欠かないでしょうしね」

「その割には、俺達には碌《ろく》な男が回って来ないよな」

「それを言っちゃあ、おしめえよ」

百万人都市とも言われる江戸の町だが、その男女比率は極めていびつだ。

参勤交代やらで江戸に出てくる武士や、地方から出稼ぎにくる農家の二男三男、果ては江戸で一旗揚げようと夢見る無謀な若者達がごまんと集まってくる。結果、七対三とも、八対二とも言われる極端な男女比率が出来上がってしまった。

だから、江戸で若い娘は貴重だ。貴重なはずなのだが……。

「ちぇ、男なんて四十過ぎて独り身なんてざらにいるのに、なんで女は二十過ぎりゃあ、年増だ、行き遅れだと騒がれにゃならん」

憤るタキ。まったく同感である。

商家に勤める者は幼い頃から丁稚《でっち》として奉公に上がり、番頭にまでなってようやく、店の主から妻を娶《めと》る事が許される。番頭にまで上り詰めるのに必要な年数は実に数十年。そのため四十過ぎまで独り身なんてのはざらにいる。だから女と違って後ろ指を指されるような事もない。

まったく、不公平である。

「まあまあ、そんなに不貞腐《ふてくさ》れないの。それに大家さんだって心配してくれているのよ、私達の事。多分だけど」

そこは言い切ってやれよと思うが、致し方なしか。

「納得いかねえ。決めた！　俺は絶対、嫁になんていかねえ！　男になんぞ喰《く》わせてもらわなくても、自分で稼いで生きていく！」

タキは決まった職を持たない。

各種振り売りに大道芸から鳶、飛脚、駕籠《かご》かきなどなど。その時の気分次第で職を変える。どこで修業をしたのか、大工や左官などの技術も持っている。しかも男共に混じって負けない腕前。女に冷ややかな職人の世界で、それは胸がすく程凄い事。

真面目に働けば、こんな貧乏長屋に住む必要もない。だが、真面目に働かないからタキなのだ。楽しい事が生き甲斐。こいつが働くのは、本気で首が回らなくなった時だけ。だから年がら年中貧乏している。まあ、本人はそれを楽しんでいるのだから何も言うまい。喧嘩《けんか》早《ば》いところも含めて、実に江戸っ子らしい江戸っ子だ。

「タキはそうだろうけど、世の大半の女の子はそうでもないのよ。自分で稼いで食べていけるのは、ほんの一握り。そういう世の中なのよね」

おシノちゃんの言う通りだ。このご時世、女が就ける職は限られている。タキは例外中の例外。女が一人で食べていくのはなかなかに厳しい。

「で、おソラちゃんはどうなの？」

「えっ？」

急に水を向けられたので、何を訊《き》かれたのか分からない。

「おシノが言ってるのは男だ、男。年下の若旦那とは、その後どうなんだよ」

タキがずいっと身を乗り出してくる。

「そうそう、ついこの間も会いに来てたじゃない」

おシノちゃん、なんか目が輝いてない？

「ああ、そのこと」

反対にあたしの顔は曇る。いまは触れてほしくない話題だ。

大家の爺様には内緒にしてあるが、実はちょいといい仲になった男がいる。いや、いた。あちらは大店《おおだな》の若旦那で、年下。親同士も乗り気で、ぼんやりとだが嫁入りの話も出ていた。結局、いろいろあって縁談は流れたが、その後も芝居だ花見だとちょくちょく誘いに来てくれていた。が、である。

「そのついこの間、会いに来た時に別れた」

理由はいろいろある。訳あって家同士の釣り合いが取れなくなった事や、世話焼きな性格を煙たがられていた事、あたしが嫁入りに乗り気でなかった事や、男が余所《よそ》に女を作った事など。兎《と》に角《かく》いろいろだ。その結果、一晩中かけての別れ話と相成った。

「ふ〜ん、あんなに仲良さげだったのに。まあ、世の中いろいろあるわな」

「そうねえ」

あれこれと詮索しないのは礼儀か、はたまた友情か。ありがたくもあり、切なくもある。まだ別れて日が浅いからか、いまは何も話したいとは思わない。これがもう少し時間が経《た》ち、傷が癒えてくると、洗いざらい誰かに聞いてほしくなる。

人とは実に複雑な生き物だ。

少々空気が重くなったのでそろそろ引き上げようかと思った矢先、ひょっこりとこけし頭が顔を出す。

「あら、健坊《けんぼう》だ」

出て来たのは、この長屋に住む豆腐屋の男の子。くりっとした目に、ふくふくとしたほっぺが愛らしい。今年五歳。みんなから健坊と呼ばれ可愛《かわい》がられている。

ところでこの健坊には少し変わった癖がある。

「おくれ、おくれ！　それおくれよ！」

紅葉のような小さな手をいっぱいに広げて、健坊がとてとてとあたしに歩み寄ってくる。

「おっ、出たな。おくれ坊や。今日は何が欲しいんだい？」

そう言いながら、小さな体を抱き寄せてやる。健坊はあたしが前髪に結んだ、縮緬《ちりめん》の赤い飾り布に手を伸ばす。

「おくれ、おくれ！」

どうやら今日の標的はこの飾り布らしい。

「これが欲しいの？　でも男の子の健坊は、綺麗《きれい》な布なんて持ってても使わないだろ？　それよりもっといい物をあげる」

あたしは懐から固あめを取り出し、一つ健坊の口に入れてやる。固あめは米粉から作った飴《あめ》で、町の飴売りから三文（約百円）で買った。埃《ほこり》っぽい江戸の町で、湯屋と飴は欠かせない。

すると、口の中の飴に夢中なこけし坊やは、飾り布の事などもう見向きもしない。あれだけ騒がしかったのが嘘《うそ》のように大人しくなる。

「あれまあ、随分と健坊のあしらい方が上手《うま》くなったじゃない」

「初めは大泣きされて往生してたのにな」

おシノちゃんとタキが感心するやら、驚くやら。

健坊は何でも欲しがる癖がある。目に付くもの目に付くもの、おくれ、おくれと言ってねだる。あげても構わない物ならいいが、其処《そこ》は子供。分別などあるはずもない。あげられない物もあるし、そもそも物理的に無理な物もある。

最初に会った時は大変だった。鬼の絵を見て、鬼をおくれとねだられた。絵ではなく、鬼をだ。無理に決まっている。

わざわざ絵の中から取り出さなくても、この世の中は鬼だらけだよ。とかなんとか上手い事言ってみても、年端のいかない子供に通じるはずもない。わんわん泣かれて往生したのをよく覚えている。

「まあ、あたしも成長してるって事よ」

ちょっと得意になって胸を張る。

相手は子供なのだ。まともに取り合ってはいけない。何か別の物をあげて、興味の対象をすり替えてやる。それだけでいい。何か貰ったという事に満足する。割に最近、その事に思い至ったのだった。

「あら健坊、何持ってるの？」

ふっと健坊の帯に何やら差してあるのを見つけた。よく見ればススキの穂。どうしたの、

と訊けば、

「もらった」

飴に夢中な子供の答えは素っ気ない。まあ、どうせ誰かにねだって貰ったのだろうが。

「そういやあ、明日は十五夜じゃねえか」

ポンと手を打ったのはタキ。今日は十四日。つまり明日は十五夜だ。

そんなタキにあたしとおシノちゃんは冷たい目を向ける。

「『何をいまさら』」

秋は月見の季節。

特に葉月の十五日、いわゆる中秋は一年でも最も美しい月が見られる。

となればお祭り好きの江戸っ子。騒がずにはいられない、飲まずにはいられない。

大阪《おおさか》は食い倒れ、京都《きょうと》は着倒れ、それに対して江戸は飲み倒れ。上手い事を言ったものだ。

「タキ、あんた長屋の皆の分のススキを用意するって請け負ってたのよ。ちゃんと準備できてるの？　まさか忘れてないでしょうね？」

「ス、ススキ？　ああ、ススキね、ススキ。忘れてねえよ。これから一っ走り広尾《ひろお》まで行ってススキを刈ってこようと思ってたんだ。今頃の広尾は一面ススキ野だろうからな。長屋のみんなの分もちゃんと取ってきてやっから。安心しろよ」

答えるタキの目が盛大に泳ぐ。完全に忘れていやがったな。

十五夜のお月見に、ススキと月見団子がなくては格好がつかない。

「それよりソラ、団子の方は大丈夫なのかよ」

「大丈夫よ。あんたと違って、あたしはちゃんと覚えていたから。材料は用意したし、明日は朝一から女衆総出で団子作りよ。ススキを用意する代わりに、あんたは団子作りを免除されたんだからね。分かってる？」

「分かってる、分かってるって。そんじゃあ、俺はちょいと広尾まで行ってくるぜ」

形勢不利と踏んだか、タキは裾をまくり、いまにも駆け出そうとする。くるりと向けられた背中に、あたしは慌てて声を掛けた。

「あっタキ、広尾まで行くならついでに葦《よし》も一束刈ってきて。商売に使うから」

「葦？　葦なんて何に使うんだ、ってまあいいか。分かったよ」

返事をするのももどかし気に、タキは脱兎《だっと》の如《ごと》く駆け出していく。本当に慌ただしい奴だ。

「あれは確実に忘れるわよ」

「葦の話？　忘れるでしょうね」

せっかちで、慌ただしいのが江戸っ子だ。そして頼まれ事はよく忘れる。葦の事は諦めよう。

「楽しみねえ〜、お月見。晴れるといいわね」

遠ざかるタキの姿を眺めながら、おシノちゃんの声がのんびりと響く。聞いているだけで天下泰平を感じられる。

「そうだね」

「おつちみ? おつちさま、おくれ。おつちさま、取っておくれよ!」

飴を食べ終わったのか、大人しくしていた健坊の〝おくれ病〟が発動する。

「お月さま? 健坊はお月さまが欲しいのかい?」

こくりと頷《うなず》くこけし頭。

「そりゃあ、豪気だ。将来大物になるね、健坊は」

笑いながら、もう一つ飴を口に入れてやった。満足したのか飽きたのか、あたしの腕をすり抜け、健坊は長屋の方へと行ってしまった。

それを機に、あたしも井戸端から腰を上げた。

江戸に貧乏長屋は多けれど、ここ程評判が芳しくない長屋も珍しい。もちろん、我が

『わけあり長屋』の事。

何しろ住人全員が何かしらの『わけあり』。あたしは言うに及ばず。タキやおシノちゃん、健坊の両親だってそうだ。罪に問われるわけではないが、大っぴらには口に出来ない。そんな事情を抱えている。

普通は評判を悪くするような者は長屋に住まわせない。評判が悪くなると、真っ当な借手が寄り付かなくなるし、お上にも目を付けられる。いい事などない。

だから、この長屋の大家は変わっている。どんな『わけあり』だろうが、気に入れば部屋を貸す。雇われ大家でないから出来る事なのだが、ある人の紹介で初めて訪ねた時には随分と面食らったものだ。そのくせ一向に長屋の評判が上がらないと、年中あたし達に愚痴を零《こぼ》している。

本当に変わり者だ。だがまあ、あたし達住人は何だかんだで、この変わり者の爺様に感謝している。

まあ、口に出しては言わないけどね。

気付けば我が家の前。

引き戸の腰高障子が出入り口。住人が居職の場合、その商売が一目で分かる屋号や絵が障子に墨書きされている。我が家の障子には、大きな丸が一つ。

その入口障子を開ければ、九尺二間（約三メートル×約四メートル）の室内。そこに三尺（約一メートル）四方の土間と、竈《かまど》付きの台所を押し込んで、残りが生活の場。

『立って半畳、寝て一畳』。そんな言葉が身に染みる。

入り口に立ち、腰に手をあて、中を見渡す。狭いながらも、これがあたしの城だ。

「さあ、今日もお仕事といきますか！」

翌日は十五夜。朝から団子を作る。

幸いなことに、天気も良く、空には雲一つ見えない。高く澄んだ空は秋のそれ。この調子なら、夜には綺麗な十五夜の月が拝めそうだ。俄然《がぜん》、やる気が出る。

地方によって微妙に違うらしいが、江戸の月見団子は十五夜にちなんで一寸五分（約五センチ）の丸い団子を十五個お供えする。

用意する団子はそれだけでいいかといえば、そんな事はない。そこは花より団子、もとい月より団子。ちゃっかり食べる用の、もう少し小ぶりな団子も用意する。これも一人十五個（!?）。つまり一家に必要な団子は、お供え用十五個＋食べる用十五個×家族の人数。それが長屋に住む家族＋大家分必要になる。

つまり相当な数だ。

もちろん貧乏長屋の住人が御菓子屋に注文など出来るはずもなく、すべて手作りで用意する。

だから十五夜の日の朝は、まさに戦場だ。

長屋の女連中が、朝早くから大家の家に集まり、団子作りに精を出す。長屋で出し合ったお金に大家が色を付け、それで買った古米を挽《ひ》いて粉にし、水で練ってから丸めていく。本来は収穫祭の意味があるお月見。新米で作った団子の方がふさわしいとは思うが、そこは貧乏長屋。値段の安い古米で、お月さまには我慢して頂く。

ちなみになぜ大家の家かといえば、大きな竈《かまど》があるから。ここで大人の男でも二抱えはある大鍋に湯を沸かし、丸めた団子を一斉に茹《ゆ》で上げていく。その景色はなかなか壮観。茹で上がった団子は冷たい水で締めれば完成だ。

あたしは食べるのももちろん好きだが、料理をするのも好きだ。おまけに人が集まる所では、あれこれ口と指図を出したがる性分。必然的に長屋での行事、特に食べ物が絡むのに関しては陣頭指揮を任されることが多い。

今日も朝から襷《たすき》を掛け、ほっかむり姿で団子作りの采配を振る。

ちなみに男共とタキは居ても役に立たないので、大家を含めて外へ追い出した。役に立たないどころか、隙を見ては団子を摘《つま》み食いする。害にしかならない困り者だ。

摘み食いは真っ当に働いている者だけに許された権利だというのに。

丸めた団子を大鍋で次々に茹で上げていく。すると見慣れたこけし頭が近寄ってくる。

「おくれ、おくれ!!　そのお鍋をおくれよ」

ぐらぐらと煮え立つ大鍋に近づこうとする健坊を抱え上げる。

「危ない危ない。こんなの触ったら火傷《やけど》しちまうよ。こんなのよりもっといい物をあげるからね」

茹で上がり、水でしっかり締めた団子を半分に割って、口の中に入れてやる。

「ほら、特別だぞ」

健坊は嬉《うれ》しそうに団子を頬張り、キャッキャと声を上げて行ってしまった。

まったくちょろいもんである。そのちょろさが堪《たま》らなく可愛《かわい》いのだが。

それにしても健坊の〝おくれ病〟は、早めに直した方がいいかもしれない。誰彼構わず、時には見ず知らずの者にまで寄っていくのは危険だ。思わぬ事件にもなりかねない。などと他人の子供の心配をしているうちに次の団子が湯面に浮かんできた。

さあ、もう一息だ。

戦場のような慌ただしさで時は過ぎ、やがて日がとっぷりと暮れる。

予想通りの月見日和。空には美しい満月。

月夜の陽気に当てられて、外に月見へと繰り出すタキ達の誘いを丁重に断り、一人部屋で月見の用意。朝に作った団子を十五個、大皿にうず高く積み上げる。団子と一緒に供えるのは、長屋の住人から分けてもらった柿やサツマイモ。秋の恵みだ。おっと、忘れちゃいけない、最後にタキが広尾で調達してきた生きのいい枯れススキを飾る。

なかなかの出来栄えだ。

それから屋根についた天窓を開け、床にごろりと寝転がる。暫《しばら》くすると、天窓が切り取った小さな夜空の中に、丸いお月さまの姿が見えてくる。

少し色あせ白っぽい色のお月さま。

一年前も、あたしはこうして月を見ていた。

こう見えて江戸でも有名な大店《おおだな》の箱入り娘。なんの不自由もなく、乳母や下女にお嬢さま、お嬢さまと呼ばれて育ってきた。

そんな箱入り娘から元箱入り娘になったのは一年前。日常が大きく変わって、周りの景色もみんな激流に流された。そうして流され、流され、この長屋にたどり着いて間もない頃の十五夜。

あの時、あたしは泣いていたっけ？　いいや、泣いてはいない。そんな柔な女じゃない。

自分で言うのもなんだが、箱入り娘の割には肝は据わっている方だ。ただ、あまりの激流の速さについていけず、茫然《ぼうぜん》としていた。

茫然と、月を見ていた。

「そうか、あれからもう一年か」

特に何の感慨もわかない。こういう時は、

「よし、飲むか!!」

大店の箱入り娘から、貧乏長屋暮らしになって学んだ事が幾つかある。

例えば井戸端でのおしゃべりに、街中での買い食い。どちらもはしたないと、大店時代は窘《たしな》められた事がこんなに楽しいとは。

そして酒も然り。

「ふう～、美味《うま》い」

安い濁り酒ではあるが、一日の最後を締める一杯。しかも綺麗《きれい》な満月を肴《さかな》にとくれば、安酒だって格別だ。

団子を一つ、口に放り込む。噛《か》む程にモチモチとした食感。その中に優しい米の甘み。それを酒で一息に洗い流す。

「美味い！」

いまこの瞬間は、これ以上の幸せを思いつかない。

それにしても静かな夜だ。

長屋の住人は十五夜に酔いしれて、飲みに出かけたか、早々に床に就いたか。物音一つ

──、

ガタガタガタ、ガタガタガタ

「……また猫か。まったく風情がない」

きしむ天井を睨《にら》み舌を打つ。折角の雰囲気が台無し。興ざめも甚だしい。

猫が屋根の上を駆け回るのはいつもの事だが、それにしても今夜は特ににぎやかだ。ひょっとしたら猫達も屋根の上で月見をしているのかもしれない。そう考えると愉快だ。

「なら許す」

気を取り直し、杯を重ねる。

やがて酔いが回り、全身が程よく火照ってきた。再び床にごろり。瞼《まぶた》が重い。下がる瞼の隙間に月が映る。

綺麗な月だ。

寸分の狂いもなく真円を描き、闇の中で煌々《こうこう》と輝いている。見事なものだ。神の御手に

よって作り出されたとしか思えない。

あの丸さ、あの輝き。果たして人の手で作り出す事は出来るだろうか？

欲しい。あたしの作る物にも。あの丸さが、あの輝きが。

両手を伸ばす。

「こっちに来ないかい？　あたしの所へおいでよ。あたしはキミが欲しいんだ」

その時だ。一際大きな音が響き、天井が歪《ゆが》んだ。

「えっ？」

目を擦《こす》る間もない。めりめりと音を立てるや、天井が破れた。

咄嗟《とっさ》に体を左に転がす。

落雷を思わせる轟音《ごうおん》と衝撃。天井から何かが落ちてきた。なんだか分からないが、とにかく何かが落ちてきたのだ。

「なっ、何？　何が起こった？」

戸惑う。事態がまったく把握出来ない。出来ないが、何よりも先に天井を見上げた。

まさか本当に月が落ちてきたのか？

だとしたら一大事。焦る。全身から嫌な汗が噴き出す。

だが、天窓とその横に空いた大きな穴から差し込むのは柔らかな月明かり。その光の先には変わる事のない、真ん丸なお月さまの姿が。

当たり前だ。月が落ちてくるなどあるわけがない。ないのだが、ほっと息を吐く。

安堵《あんど》、そして疑念。

じゃあこれはなんだ？　先程まで自分が寝転がっていた床を見れば、こちらにも大きな穴。床板が突き破られ、そこからもうもうと土煙が立ち昇っている。

「何なのよ、一体!!」

毒づきながらも、穴に近づく足取りは慎重。首を伸ばし、そろりそろりと穴の中を覗《のぞ》き込む。

「ギャーー！」

顔、顔、顔!!　急に穴から人が顔を出した！

天井に届きそうな程飛び上がり、部屋の隅まで一目散に後退。薄い壁に体を張り付ける。そのまま動けない。体はもちろんの事、目も口も大きく開いたまま、一寸たりとも動かせない。のどが引《ひ》き攣《つ》って、声も出ない。

ただ、心の臓だけが跳ねる、跳ねる。

（そうだ助け！　誰か助けに来て！）

これだけ派手な物音がしているのだ。長屋の誰かが不審に思って駆け込んできてもおかしくない。いや、タキなどはむしろ駆け込んでこない方がおかしい。

早く早くと祈るうちに、今日が十五夜である事を思い出す。タキは月見へ繰り出しているし、他の連中も多くが飲みに出掛けているはずだ。

あまりの絶望に、涙目。

そうこうしているうち、穴からキョロキョロと部屋の様子をうかがっていた顔があたしを見つける。一際大きく、心の臓が跳ねた。

「あっ、こんばんは。よい月夜ですね」

穴から顔を出した男は——そう、こいつは男だ——緊迫したこの場面に不似合いな、随分とのんびりとした声を上げる。

「……」

何を言っているんだ、こいつは？　危うく全身から力が抜けそうになり、慌てて緊張の糸を手繰り寄せた。

そんなあたしを尻目に男は、どっこいしょ、とまた間の抜けた掛け声と共に穴から這《は》い出《で》てくる。どれだけ穴へ蹴落としてやろうと思った事か。

「な、なんですか、あなたは？」

ようやく声が出た。ひどく震え、かすれる。それを悟られないようキッと涙目で男を睨む。

「あっ、申し遅れました。おらはハル。ハルと申します」

今度は床の上にちょこんと正座し、男はぴょこんと頭を下げた。

「はっ!?」

「いえいえ、はっ、ではなく、ハルです。春・夏・秋・冬の春と同じ読み方でハルです」

そう言うと、ハルと名乗った男はにっこりと微笑《ほほえ》む。つい釣られそうになって、はっと顔を引き締める。

なんなんだ、こいつ？　勝手に人の家に入り込んで、いや勝手に落ちてきて、勝手に自分の調子で話を進めていやがる。

ここはあたしの家で、あたしが主だ！　だんだんと恐れより怒り、恐怖より腹立たしさの方が勝ってきた。拳を握る。

「誰があなたの名前なんか訊《き》きましたか！　あなたは何者で、なんでうちの天井から落ちてきたのかと訊いているんです！」

気づけば壁に張り付いていた体を引き剝がし、男に詰め寄っていた。

よく見れば何の事はない小男。顔も身なりもむしろ貧相。恐れるところは何もない。

一層に勇気が湧く。

「泥棒なんですか？　泥棒なんですね？　泥棒なんだな!!」

「まあまあ、そんなに急《せ》かさないで下さい。おら、決して怪しい者ではありませんから」

「怪しさしかありません！」

人の家の屋根をぶち壊して落ちてきた奴が、怪しくないわけがない！

それでも男は、参ったなあ、とそれ程参ってなさそうな顔で頭を掻《か》く。

「違いますよ、泥棒じゃありません。おらが思うに、もし本当の泥棒なら、もう少しお金を持っていそうな所に忍び込むと思うんです」

確かに、一目で盗《と》る物などないと分かる貧乏長屋。誰が好き好んで忍び込むものか。

納得してしまった。まさかどこの馬の骨とも知れぬ奴に、苦もなく論破されようとは。不覚。

「むむ、ではなぜ天井から落ちてきたりしたんですか？」

負けるものかと、尚《なお》も詰め寄る。

すると男は明らかに戸惑い顔を見せ、それからばつが悪そうに微笑む。なんだか悪戯《いたずら》が見つかった子供のように見えた。

本日二度目の不覚。その顔に少しだけ、心がゆるんでしまう。動揺。

「な、なんですか？　笑って誤魔化さないで、ちゃんと答えなさい！」

自然、口調が荒くなる。

「実は、月を捕ろうと思いまして」

「はっ、月!?」

こちらが態勢を立て直す間もなく、またも意表を突く答えが返ってくる。

「そうです、月。今日のお月さまは大きくて、いつもより近いから、屋根に上ったら手が届くかと思いまして」

へへへっ、と照れくさそうに笑う。

その無邪気過ぎる顔に、あたしは半ば祈るような気持ちで問い返す。

「冗談、ですよね?」

「えっ?」

二人で顔を見合わせる。

あたしは戸惑う。本当に嘘《うそ》をついていそうにない。だがそれでは、本気で月を捕ろうとしていた事になってしまう。

いまに至ってようやく気付く。どうやら盗《ぬす》っ人《と》なんかより余程厄介な奴が落ちてきた。

思わずこめかみを指で押さえる。頭痛。どうしたものか。

「あなた、この辺では見ない顔ですね。訛《なま》りもあるし。田舎の人? どこから来たの?

それになんで月を捕ろうと思ったの？　しかもこの長屋で？」

「えっと、そんなにたくさん質問されても。おら、頭良くないんで」

そう言って、困った顔をする。確かにそこまで頭が回る方でもないようだ。

「じゃあ、一つずつ。なんで月を捕ろうとしたの？」

結局、一番それが気になる。

「頼まれたんです」

「誰に？」

「この長屋の子供です。こけし頭で、五歳くらいの」

もう一度、あたしはこめかみを指で押さえた。


田舎臭く野暮ったい奴とは思っていたが、ハルは予想通りの田舎者だった。

遠く故郷を離れ、出稼ぎに江戸へ出て来たばかり。職探しを兼ね、江戸見物に出かけたはいいが不慣れな町で道に迷い、気が付けば傾いた木戸門の前。そこで五歳くらいの子供に声を掛けられる事になる。

話を聞いて、謎が氷解した。肩から力が抜けていく。脱力。

健坊だ。なんでも欲しがる健坊は、ふとした拍子に月が欲しくなり、近くの者にそれをねだった。不幸にも近くにいたのは、江戸へ出て来たばかりの田舎者。そして人のいい田舎者は健坊の願いを真に受けた。

つまりはそれだけの話。

いまあたしの目の前には、如何《いか》にも人の良さそうな顔をした田舎者が、所在なげにしている。口角が引き攣り、頭が痛んだ。

兎《と》にも角《かく》にも、盗っ人でない事は分かった。

ハルと名乗ったこの男の正体は子供の戯言《たわごと》を真に受ける善人で、頼まれれば月を捕るために屋根に上るお人よし、挙句に屋根から落ちる底無しの間抜け。

あたしは確信する。こいつに悪事は無理だ。やったとしても結果は滑稽話の落ちがせいぜい。絶対上手《うま》くなどいかない。

大きなため息が出た。疲労。いや諦めか。

「なるほど、事情は分かりました。あなたが泥棒でない事も信じましょう。奉行所に届け出たりもしません。健坊に免じて、今回の一件はなかった事といたします」

「ありがとうござ――」

「ただし！　このまま帰すわけにはいきません」

頭を下げようとするハルを、あたしは鋭く遮る。

徐《おもむろ》に天井を見、それから床を見た。どちらにも今まではなかった大きな穴が空いている。今は秋の口で、これから冬を迎えようとする時期に。

「分かりますね？」

「何がです？」

「でっけえ穴二つもこさえられて、黙って帰せるわけないでしょ！　どうしてくれるんですか、これ！」

つい声を荒げてしまった。

が、ハルに動じる様子はない。

「なるほど、おっしゃる通り。月を眺めるにはいいですが、夜風や朝露を凌《しの》ぐのには適しませんよね。明日にでも直しましょうか？」

「いいえ結構。伺った限りでは相当使えない、いえ不器用そうなご様子。穴を塞ごうとして、逆に穴が増えましたでは笑えないですから」

滑稽話はもう充分だ。

「容赦ないですね。でも、正しい判断だと思います」

正しいのかよ！　と心の中で突っ込みながら、横目にハルを睨《にら》む。

「直すのは大工に頼みます。幸いこの長屋にも大工は居ますから。なので、その御足さえ払っていただければ結構です」

「御足、つまり銭ですね？　まことに残念ながら、おら、お金ないです」

「でしょうね」

薄々感じてはいた。なにしろこの男、そろそろ朝夕が冷え込みだすこの時期に、身に纏《まと》っているのはペラペラの着流し一枚。それも擦り切れてボロボロ。顔も体も同様に薄汚れ、髪は伸びっ放し。いかにもみすぼらしい。

あらためてハルをつぶさに観察。背は低く、ひょろりと痩せて如何にも頼りがない。力仕事は向いてないだろう。察するにかなりの不器用者。人の良さは商売の上ではむしろ足《あし》枷《かせ》。機微を捉えたり、機転がきいたりするようにも到底見えない。

「あらためて伺いますが、何か出来る事は？」

「何もありません」

むしろ清々するくらい潔い返答。そして使えなさ。どうやらハルは嘘や繕う事の出来ない正直者だ。ただし、前に馬鹿が付く。

ため息。はっきりとした疲労。

さて、どうしようかと思案していると、ある考えが浮かんできた。

もう一度、今度は穴が空く程にハルの顔を見つめる。

「おらの顔に何か付いていますか？」

それにしてもこの顔、見れば見る程、不思議な心持ちになる。こんなわけの分からない状況にもかかわらず、この顔を見てると心が落ち着いてしまう。何故《なぜ》だ？

二枚目ではない。可愛《かわい》い、と言えなくもない。滑稽、と笑えなくもない。だが、違う。なんかしっくりこない。

悲しんでいれば構ってやりたくなるし、笑っていればいじめたくもなる。存在感はないくせに、なんだかこの顔を見ると素通り出来ない。

何やら不思議と心を捉えて離さないものがあるのだ。そう、言うなれば、

「応挙《おうきょ》の犬」

「えっ？」

「いや、愛嬌溢《あいきょうあふ》れる顔だなあと思って」

「溢れてますか？」

「さあ、どうでしょうね」

まあ、いまは顔の好みを言える立場でもない。

「話を戻します。一つ、あたしの頼みを聞いて下さい。それで結構です」

ハルの目がわずかに見開く。

「何でしょう？」

「頼みを聞いて頂けるんですね？」

「おらに出来る事なら、何でも」

よし、と心の中で拳を握る。外堀は埋まった。

「その点は大丈夫です。誰でも、男なら誰にでも出来る事です」

「分かりました。何をすればいいですか？」

「婿になって下さい」

「はい？」

ハルが小首を傾《かし》げる。何を言われたか理解出来ていない。

あたしはもう一度、今度はゆっくりと繰り返す。

「あなた、あたしの旦那になりなさい」

ぽかん、と口を開けたまま、随分と間の抜けた表情で固まるハル。

「何でも頼み事を聞いて下さるんじゃなかったんですか？」

「ええ、そりゃあ、まあ、そうなんですけど」

尚も歯切れが悪い。

直感的に思う。こいつはきっと女にもてない。

だが、そんな男をいまは頼りにしなければならない。

「ハルさんにとっても、それ程悪いお話ではないはずです。江戸に出て来たばかりで宿なし、職なし、おまけに銭もない。あたしの婿になれば全て解決。雨風凌げる寝床に、毎日三食の食事、小さいとはいえ店主にもなれます。おまけにこんな美人が女房になってくれる。どう思います？」

「夢みたいです」

「素直でよろしい。では、いいですね？」

念を押す。が、尚《なお》も煮え切らない様子。チラチラとこちらの顔色をうかがっている。

「何ですか？　何か言いたい事があるなら、はっきり言って下さい」

「はあ、それじゃあ、なんでおらなんです？　あなたくらい器量良しなら、婿のなり手なんて幾らでもあるでしょうに」

思わず鼻で笑ってしまった。

「器量良しとは、随分と持ち上げてくれますね。あたしを傷つけないようにと思っているなら、無用の気遣いですよ。勢いで美人なんて言いましたけど、そんな大層な玉じゃないのは分かっていますから」

半分戯れ、半分本気で拗《す》ねる。

「えっ、美人じゃないんですか？」

そんな事言うから、カチンと来た。

「いや、見れば分かるでしょ？　目も口も大き過ぎるし、背は低い。声は大きいし——」

「おら、一目見た時、天女さまかと思いました。こんな愛らしい人がこの世にはいるんだって、本気で驚いたんです」

「……」

何を言いやがる！　と思いながらも口をつぐむ。

先程、あたしはこいつの事をどんな奴と評しただろう？

子供の戯言を真に受ける善人で、頼まれれば月を捕るために屋根に上るお人よしで、挙句に屋根から落ちる大間抜け。

それから、嘘《うそ》や繕い事の苦手な馬鹿正直。

顔が一気に熱くなる。

「おらって、変ですか？」

「知りません！」

慌てて視線を逸《そ》らす。変だ！　変に決まっている！

不当に貶《おとし》められると腹が立つのは知っている。だが、過剰に評価されても腹が立つ事を初めて知った。

「勘違いしないで下さい。誰でもいいんです、婿なんて」

気恥ずかしさと波打つ心が、隠していた事を洗いざらい吐き出させる。

「あたし、こう見ても大店《おおだな》の箱入り娘だったんです。ええそうです、ほんの一年くらい前まではね。それこそ嫁入り先も、婿のなり手も幾らでもありましたよ。でもねえ、店が火事を出したんです。火は店を焼いただけで収まりました。でも、江戸で火事は重罪。おまけに不運が重なって、親父殿は家財没収の上、江戸払い。たくさんいた職人や手代達も去って、残ったのはあたしと屋号だけ。女店主は世間の風当たりが強いから、店を再建させるために婿を取る必要があったんです。でも、ただでさえ危険な商売に加え、騒動を起こした店なんて誰も婿に来たがりません。だから、誰でも良かったんです、婿になってくれるなら」

言い終わるや、そっぽを向く。

よくこれだけの事を隠して、婿に来いと言えたものだと自分でも思う。呆《あき》れられたか、怒り出すか。観念するような気持ちで、そろりとハルの様子をうかがう。

「なるほど。分かりました」

予想に反し、晴れ晴れとした顔で頷《うなず》いている。

「おらが婿になれば、あなたは嬉《うれ》しい。おらは天井の修理代を帳消しにしてもらえる上、住まいと仕事を頂ける。つまり、二人とも嬉しいって事ですね。分かりました、あなたの婿になります」

「あの、ちゃんと話聞いてました？　うちの仕事、割に命がけなんですよ？」

「ええ、聞いてました。でも多分このままだと、おら、仕事も見つけられず飢え死にする気がするんです。どっちを選ぼうと、結局命が危機に晒《さら》されるのは変わらないと思うんです」

あまりにあっけらかんと言うものだから、今度はあたしの口が開いてしまった。

「じゃあ、今日からよろしくお願いしますね。え～っと、あれ？」

「あっ、名前ですか？　ソラです」

「おソラさん、よろしくお願いします」

にっこりと微笑まれた。

「ふ、ふん、随分と余裕じゃないですか。必ず後悔しますからね。覚悟しておいて下さい」

おおよそ縁談に相応《ふさわ》しくない言葉をもって、あたしは婿を取る事となった。

葉月十五日、中秋の月の下で。

「ところで危険な仕事って言ってましたけど、おソラさん、何の商売をしているんですか？」

そういえば肝心な事を教えていなかった。

「花火です」

「えっ？」

「は・な・び。うちは花火屋なんです。花火の『丸屋《まるや》』へようこそ、旦那さま」

あたしは夜空に咲き誇る火の花のように、満面の笑顔で答えた。

第二章【籠鳥恋雲】

「おはようございます」

「はい、おはようございます」

「……」

「……」


先程明け六つの鐘が鳴った。江戸《えど》の町が一斉に起き出す時刻。

見慣れた九尺二間の室内が、今朝はやたらと手狭に感じる。

その原因は天井と床に空いた大穴。そしてもう一つ、それが向かいに座っている。

昨夜からこの部屋の住人兼、あたしの旦那になったハルだ。

いろんな思惑や事情が重なり合い、夫婦と相成ったわけだ。わけだが、向かいの男は昨日までまったくの赤の他人。さあ今日から夫婦ですよと言われても、どう接していいのか分からない。それはまあ、向こうも同じわけで。先程から所在なげ。

結果、朝からお互い向き合ったまま固まっている。天井に空いた大穴のお陰で風通しはいいはずなのに、気まずい空気はそよりともしない。今にも息が詰まりそうだ。

世の中の夫婦は、こんな時一体どうしているのだろう？　誰か教えてほしい。

「あの、おソラさん？」

「はい、そこ！」

我が意を得たりとばかりに、あたしはハルの顔を指さす。

「えっ、そこ？　どこ？」

わたわたと慌てるハル。

「これから説明します。いいですか、ハルさんとあたしは昨日晴れて夫婦になったわけです。夫婦となったら、まず最初に何が変わると思いますか？」

「変わる？　何でしょう？」

あたしは腰に手を当て、ゆるゆると首を振る。これだからぼんくらは。

「いいですか、夫婦になって一番最初に変わるのはお互いの呼び方です。いつまでもハルさん、おソラさんではダメなんです」

なるほど、と手を打つハル。

「では、お互い何と呼び合えばいいのでしょう」

「そうですね、まあ普通は旦那が女房の事を『おまえ』、女房は旦那の事を『おまえさん』とか『あんた』って呼んでますね」

この長屋に住んでいる夫婦は何て呼び合っていただろう、と思い浮かべながら答える。

「なるほど。じゃあ、やってみますか」

「そうですね。では、そちらからどうぞ」

先を譲る。

ハルは姿勢を正すや、こほんと咳払《せきばら》いを一つ。

「では僭越《せんえつ》ながら、お先に。お、お、お、お、おっ、おまえ、はあー、て、天気はどんなもんだい？」

おいおい、あたしは呆れながら続ける。自然に、自然に。

「なかなかよろしい天気ですよ。これならお洗濯物もよく乾くはずです、お、おみゃえさん」

「……」

「……」

途端に部屋に流れる重苦しい空気。何だかどっと疲れてしまった。

「おソラさん、噛《か》みましたね。声も裏返っていたし」

「す、少し間違えただけです。そういうハルさんは、〝お〟が多すぎます。それになんです、『おまえ』の後のあの謎のため息は？」

「……」

「……」

「暫《しばら》く元のままにしませんか？」

「し、仕方ないですね。ハルさんがどうしてもと言うなら」

「そうしましょうよ、おら、疲れてしまって。まあ、焦っても仕方ないですし、ぼちぼちと夫婦をやっていきましょうよ」

「そうですね。それがいいかもしれません。さあ朝食にしましょう。用意するので、その間に顔でも洗ってきて下さい」

「はい」

ようやくハルの顔に笑みが戻る。きっとあたしも同じような表情をしている事だろう。疲れと安堵《あんど》。

それにしても、夫婦というのはなかなかに難しい。

「昨日の今日なので、茶碗《ちゃわん》や箸は暫くあたしのお古を使って下さい。そのうち道具屋に行って買い揃えましょう」

そう言って、ハルの前に八寸（約二十四センチ）四方の箱を差し出す。今朝、台所の奥に仕舞ってあった物を引っ張り出してきた。捨てなくて良かった！

「あの〜、これは何ですか？　茶碗や箸は、どこ？」

目の前の箱を眺めながらハルは困り顔。

「箱膳は初めてですか？　その箱の蓋を取ってみて下さい」

「あっ、中に茶碗も箸も入っている！」

飯茶碗《めしぢゃわん》や箸だけではない。汁椀《しるわん》も皿も、布巾も収められている。

「食事に使う食器類が一通り入っているんです。今日からその箱膳に入ってる食器が、ハルさんの物ですからね」

箱の蓋をひっくり返して上に載せればお膳になる。食べ終わったら、またその箱の中に食器を仕舞う。あとは箱を家族分重ねておけば場所も取らない。狭い長屋で暮らすための生活の知恵だ。

「なるほど、なるほど」

しきりと感心するハルの姿が妙に懐かしい。あたしも長屋暮らしを始めた時に教えられ、同じように感心したものだ。

「さあ、ご飯をつけますから、お茶碗を出して下さい」

お櫃《ひつ》から湯気が立ち昇り、炊きたての米の甘い匂いが漂う。幸せの匂いだ。

今朝は白飯にシジミの味噌汁《みそしる》、漬物、そこに目刺しをつけた。

「何か不満でも？」

朝餉《あさげ》を前に目を丸くしているハルを軽く睨《にら》む。

「不満なんてとんでもない。炊きたての白いおまんまが食えるだけでも贅沢《ぜいたく》ですよ。それなのに具の入った味噌汁に、漬物、目刺しなんておら何年ぶりに見た事か。ありがたくて思わず拝んでしまいそうです」

「ほんとに拝まないで下さい！　さあ、食べましょう」

「これ全部食べていいんですか？」

「ええ、どうぞ。ハルさんの為《ため》に用意したんですから」

目を輝かせて箸を握るハルに、あたしは満足する。

良かった、自分より生活水準の低い奴で。

日本中から米が集まる江戸では、こんな貧乏長屋の住人でも白米は珍しくない。米はやっぱり白米が一番だ。出稼ぎに田舎から出て来た者が、江戸で白米の味を覚えると、玄米が主流の田舎の飯には戻れなくなると聞く。まさに禁断の味。

ちなみに江戸では一日分の米を朝に炊いてしまう。だから、炊きたての白飯が食べられるのは朝だけ。一汁一菜が基本とはいえ、当然おかずも朝が一番豪勢。夜は冷や飯を茶漬けにして簡単にすます。

江戸の朝は幸せに満ちている。

「ごちそうさまでした」

食べ終わったハルは、手を合わせ丁寧に頭を下げた。

「はい、お粗末様。それにしても、なかなかご立派な食べっぷりでしたね」

見事に空っぽになった飯茶碗を見ながら、半ば感心、半ば呆《あき》れる。男にしては小柄な体《たい》躯《く》にも拘《かか》わらず、ハルはよく食べた。味噌汁、おかずはもちろん、山盛り三杯の白飯を一粒残さず平らげてしまった。

「江戸へ来てからまともな食事をとってなかったもので」

「『居候三杯目はそっと出し』なんて川柳がある事を覚えておくといいですよ」

つまり働かない居候が三杯も飯を食うのかよ、という皮肉。

「面目ない」

「まあ、今日はいいです。そもそもあたしは三杯目なんて悠長なことは言いません。我が家は働かざる者食うべからず。これからしっかりと働いて下さいね」

あたしが最上級の笑顔を向けてやると、ハルはおっかなびっくり首を竦《すく》めた。

「ところで朝食、味はどうでした？　気になる事があれば言って下さいね」

「……美味《おい》しかったですよ、はい」

あたしは食器を仕舞う手を止めた。それからお茶を飲むふりをしながら、さりげなく視線を逸《そ》らすハルを見る。

人の機微には聡《さと》い方だ。口の悪いタキに言わせると小姑《こじゅうと》体質らしい。失敬！

「ハルさん、こっち向いて下さい」

「は、はい？　なんでしょう」

すでに及び腰の相手に、あたしは出来るだけ穏やかな顔で、優しく話しかける。

「ハルさん。ハルさんはご自分が嘘《うそ》をつけない体質だという事を覚えておいた方がいいですよ。そして今朝の食事に何やら不満があるご様子。何が美味しくなかったんです？　はっきり言って下さい。その方があたしもモヤモヤしないですみます」

「おソラさん、なんか怖い。あの、言っても怒ったりしませんか？」

「江戸と京《きょう》・大阪《おおさか》では味付けが全然違うように、味の好みなんて育った環境や生活によって違うものです。あたしはただ、ハルさんの好みを聞きたいだけです」

あからさまに胸を撫《な》で下《お》ろすハル。たかが味の良《よ》し悪《あ》しで、あたしが怒るとでも思っていたのだろうか。そんな懐の浅い女ではない。あたしは懐の深い女なのだ、多分。

「いいですか、曲がりなりにもあたし達は夫婦なんです。遠慮会釈に隠し事はなしで行きましょう」

「そうですね。それがいい。それじゃあ、些細《ささい》な事ですが……」

「どうぞ」

尚《なお》も遠慮気味なハルを促す。

「ええっと、まず少し飯が柔らかすぎます。おら、どちらかといえば固めの飯が好きなんです。それに米を研ぐ時、力任せに搔《か》き混《ま》ぜました？　もっと優しく研いであげないと、折角の米粒が割れてしまいます。後は味噌汁。しょっぱいです。味噌は控え目にして頂いた方が、実の味もしっかり味わえますしね。逆に漬物は水っぽい。漬かりが浅かったですね。塩をケチったんじゃないですか？　それから目刺しですが、って、あれおソラさん？」

「なんです」

「あの、だ、大丈夫ですか？」

「何が？」

「なんか鬼の形相になってますよ」

「……」

　こめかみのあたりがひくつく。

　何が些細な事だ！　結局全品に文句付けやがって！　第一、些細な事なら我慢しろ！

こっちとら朝早くに起き出しておシノちゃんに米を、タキからは七輪を借り、なけなしの銭で目刺しまで買ってきたのに！

　懐の深い女であるあたしの堪忍袋の緒が切れる。

「江戸の味は、こういう味なんです！　これが我が家の味なんです！　文句を言わず慣れて下さい」

　先程までの会話は何だったのか。

「わ、分かりました」

「いいんですか？」

「いいです、いいです。慣れるようにします」

「何がいいんですか!!　いいわけないでしょ!!」

「えっ!?　いや、おソラさん？　一体、どっちなんですか？」

　あっという間の心変わりにハルは困惑している様子。

まあ、そうだろうなとは思うが、乙女心は秋の空。移ろいやすいんだ！

「素直に引き下がられると、それはそれで嫌なんです。はあ、うるさい女だなあ。仕方がないからここは引き下がってやるか、やれやれ。って感じがして腹が立つんです！」

「おソラさん、被害妄想癖ですか？」

落ち着いて下さいと、宥《なだ》められる。頭に昇っていた血が幾分下がった。沈静化。

「すいません。調子に乗って、少し言い過ぎました。ごめんなさい。それに……」

申し訳なさそうに頭を下げたハルが、今度はバツが悪そうな顔をする。

「なんです？」

「ええっと、本当は料理の味なんてどうでもいいんです」

「どういう事？」

思わず声が漏れる。困惑。

「おソラさんがおらの為に朝飯を用意してくれた。朝早く起き、米を炊いて、味噌汁を作って、魚を焼いて、菜を刻んでくれた。それだけでおらは嬉《うれ》しいやら、幸せやらで」

照れくさそうに頭を掻くハル。その顔は本当に嬉しそうで……。

「朝飯を作るなんて、いつもの事です。別にハルさんの為じゃありません。それともあたしはそんなにも働かない女に見えましたか？」

慌てて否定しようとするハルに背を向け、立ち上がる。

赤らんだ頬と、どうしてもにやけてしまう口元を見られないように。

「何、婿を取っただと!!」

長屋の井戸端にタキの絶叫が響く。

「まあね」

あたしは作業の手を止めず、出来るだけ素っ気なく答えた。

「一体、どういう風の吹き回しだよ。何か悪い物でも食ったんじゃねえのか？　あれだけ大家が持ってきた縁談を、片っ端から断ってきたってのによう」

タキが吼《ほ》えるたび、朝飯代わりの饅頭《まんじゅう》のカスが飛び散る。もう少し落ち着け。

「めでたい話だけど、いかにも急じゃない。本当に、どうしたの？」

タキばかりではなく、おシノちゃんも一様に驚くやら、戸惑うやら。

一応報告だけでもと、軽い気持ちで話を切り出したら二人とも、この驚きよう。まるで天地がひっくり返ったかのようじゃないか。

あたしが婿を取る事は、そんな驚天動地の出来事なのかい？　と不貞腐《ふてくさ》れつつも感じてしまう、そこはかとない優越感。ああ、許せ親友よ。

「昨日の今日だぜ？　いやいや、それより相手は誰なんだ？　例の年下の若旦那か？　いや、別れたって言ってたな。じゃ何か、大家の伝手《つて》か？」

「外れ。実はね、斯々然々《かくかくしかじか》なのよ」

昨夜の出来事を掻い摘《つま》んで説明する。

「ふ〜ん、なるほどねえ。俺らが月見に繰り出している間に、そんな面白い事があったのかよ。それにしても月を捕ろうとして屋根から落ちるなんて、随分と間の抜けた奴だなあ」

間抜けどころか、ぼんくらだ。ええ、相当なぼんくらだ。

「でも出会いが十五夜の晩なんて素敵じゃない。まるで御伽草子《おとぎぞうし》みたいね。屋根から落ちて、恋にも落ちた、ってね」

それじゃあ御伽草子じゃなくて滑稽本だ。

うっとりと自分の世界に浸るおシノちゃんに向かって、あたしは全力で手を振る。

「違う違う。恋だなんて、そんな色っぽい話じゃないのよ」

「そうそう、ちゃんと話聞いてたか？　要するに屋根と床の修理賃代わり。早い話が借金の形として、無理矢理に婿入りさせたって事だろ。ソラらしい話で安心したぜ」

まあ、タキの言う通りなのだが、そこまではっきり言われると、むっとしてしまう。

「相手は？　ハルさんだっけ？　それでいいって言ってるの？」

「何が？」

「不満はないのかって事よ」

「危険が伴う花火稼業に、潰れかけの店の店主。おまけに口うるさい女まで押し付けられて、割に合わないとは思わなかったのかって事」

自分で言って、タキはカラカラと笑う。何が面白い？　腹立ち。

「言いたいこと言ってくれるじゃない。誰が口うるさい女だ！　いいのよ。向こうだって江戸に出て来たばかりで宿なし、職なし、銭もなし。それを衣食住の面倒みてあげる上、こんな美人までついてくるんだからね。お相子どころか、深く感謝してほしいくらいよ。交換条件としては上出来だわ」

そこ！　美人の件《くだり》で笑うな、タキ！

「でも、もしお店が立て直せたら、どうするの？」

「もしなんて悲しいこと言わないで下さい、お嬢さん。必ず店は立て直してみせる。再建さえ出来れば、あんなぼんくらは用なし。あくまで店を立て直すまでの仮の旦那、仮の夫婦。かたがついたら、いっそ離縁して、もっといい男を婿に迎えるんだ」

話していて、チラリと先頃別れた年下の男の顔が浮かんだ。

「悪い女だねえ〜。おお、怖い怖い」

「そうよ、あたしは男を手玉に取る悪くて、賢い女なんだから」

おどけるタキに、あたしは胸を張って答える。

「でもよお、悪女さん。離縁しますっていって、すんなり離縁できるものなのかよ？」

「さあ、知らない。離縁した事ないもん」

そもそも結婚するのだって初めてなのだから知るわけがない。

「旦那に『三行半《みくだりはん》』を書かせればいいのよ。『三行半』というのは離縁状の事ね。これがないと女は再婚できないの。『三行半』を書けるのは男の方だけだけど、書かせる権利が女には認められてる。旦那が離縁を拒むようだったら、奉行所に訴えればいいし、それでだめなら縁切り寺に駆け込む手もあるわ。大丈夫よ、江戸では離縁も再婚もそれ程珍しいものじゃないから。私の知っている限りでは最大十五回も離縁と再婚繰り返した子もいるわ」

「「……」」

誰ですか、その強者は。いや、それよりおシノちゃん、なんか詳し過ぎません？

完全に引いているあたしとタキを尻目に、おシノちゃんはいつもと変わらぬ仏の笑顔。

「ま、まあいいや。ところでお前、さっきから何やってるんだ？　すげえ匂いしてるけど」

タキがあたしの手元を覗《のぞ》き込む。

「ああこれ？　鉄漿《かね》を作っているの」

いわゆるお歯黒だ。

いまは沸かしたお茶によく焼いた釘《くぎ》をいれたところ。これにさらに砂糖と飴《あめ》、麹《こうじ》なんかを加えて作っていく。出来たものに五倍子《ごふし》の粉をつけて歯に塗るのだ。すると歯は黒く染まる。

「ああ、そういえばおソラちゃん、丸髷《まるまげ》じゃない」

「さっき髪結《かみゆい》に来てもらって、結ってもらったんだ」

既婚女性は丸髷に、お歯黒が習い。

「おうおう、なんだかんだ言いながら一端《いっぱし》に女房してるじゃねえか」

「ひがむな、ひがむな。キミにもいずれそういう日が来る」

「うるせえ!!」

何故《なぜ》だろう、とても気分がいい。優越。

「お歯黒ね。懐かしいなあ。でも、慣れるまでは大変よ。気持ち悪いし、何を食べてもお歯黒の味しかしないし」

どこか遠くを見るような目のおシノちゃん。

「そうだよねえ。実はさっきから立ち込めるこの物凄《ものすご》い匂いに腰が引けてるんだ。って、おシノちゃん、お歯黒付けた事あるの？」

「内緒」

おシノ、相変わらず謎多き女である。

「ところで噂《うわさ》の旦那はいまどこだ？」

「大家さんのところ。挨拶に行かせてる」

祝言なんて大層な事するつもりはないし、そんな金もない。だが、流石《さすが》に長屋にもう一人住み着くとなると、大家さんに話くらいは通しておくのが筋。

という事で、朝食が済むやハルを大家のご隠居の所へ行かせた。今頃はご隠居に捕まって、あれやこれやと事情を訊《き》かれている事だろう。尽きる事のないご老体の質問攻めに、困り果てるハルの顔が容易に想像出来てしまう。悪いと思いつつ、笑ってしまった。本当は夫婦一緒に行った方がいいのだろうが、それこそ何時《いつ》帰れるか分からなくなってしまう。

「よし、じゃあ行くか」

おもむろにタキが立ち上がる。

「どこへ？」

「大家の所に決まってるだろ。ソラの旦那の顔、しっかりと拝ませてもらってくるぜ」

「えっ、ちょっと待ってよ。あたし、まだお歯黒作ってるんだけど」

「気にするな、案内はいらねえから。勝手に拝んでくるからよ」

そうじゃない！　お前に好き勝手やらせたら何をしでかすか分からないだろうが！　そっちを心配してるんだ！

気は焦るが、このままお歯黒作りを中断することも出来ない。あたふたしているうちに、タキはさっさと行ってしまうし、おシノちゃんまで軽い足取りでそれに続く。

「ああ、もう!!」

じたばた地団太を踏んでいると、なぜかおシノちゃんだけ戻ってきた。何事？　と思っているうちに綺麗《きれい》な顔がすぐ真横に。いかん、照れてしまう。

「な、なに？」

「この長屋、特に壁が薄いの。夜は気を付けてね」

そう言うと、おシノちゃんは優しくあたしの肩を叩《たた》いて行ってしまった。

「なんのこっちゃ？」

「た、ただいま〜」

昼を過ぎた頃、ようやくふらつく足取りでハルが帰ってきた。

「お帰りなさい。大変だったでしょう」

「ええっ、それはもう」

心の奥底から染み出すかのようなその一言に、つい噴き出してしまった。

世話好き、話好きの大家さんに加えて、タキにおシノちゃんだ。お人よしのハルが太刀打ちできるはずがない。いいように遊ばれているさまが目に浮かぶ。

「それにしても随分と遅かったですね。何かありましたか？」

「実は大家さんからお使いを頼まれたんです。でも、まだ道に不慣れで迷ってしまって。地図は書いてもらったんですけどねえ」

「あらあら」

地図を見ていても迷子になるところがハルらしい。苦笑い。散々だね。

「とにかくお疲れさまでした。さあ、中で一休みして……」

そこではたと気づく。

「おソラさん、どうしました？」

「あの、そちらの方は？」

入り口に立つハルの後ろ、その背に隠れるようにして女が一人佇《たたず》んでいる。

「ああ、そうだった。おチョウさん、どうぞこちらへ」

おチョウと呼ばれた女は、促され躊躇《ためら》いがちに部屋へ入ってくる。

途端に漂う香気。白檀《びゃくだん》だろうか？

あたしは目を見開き、それからわずかに眉を曇らす。

年の頃は十六、七だろうか。幼さを残す顔立ちにつぶらな瞳。華奢《きゃしゃ》な体は強く抱きしめるだけで折れてしまいそう。小鳥の愛らしさと朝露の儚《はかな》さ。美女と呼ぶにはまだ早いが美しい娘だ。

こりゃあ、男共が放っておかねえわ。助けて、庇《かば》って、守ってやりたい。そんな雰囲気がある。罪な女に成長しそうだと、他人事《ひとごと》ながら心配しておく。

それにしても我が旦那だ。まさか婿入りの翌日に別の女を家に連れ込むとは、なかなかやるではないか。感心、のち激怒。

「ハルさん。あとで少しお話が、おほほほっ」

あくまで笑顔、笑顔。今はね。

「丁度良かった。おらもおソラさんに話があったんです」

なんだ、離縁か？　離縁なのか？　離縁なんだな!!

「伺いましょう」

「どうしたんです、急に怖い顔して？　実はこちらのおチョウさんが、どうしてもおソラさんにご相談したい事があるそうなんです」

「そうですか、ではまずは『三行半』を、って相談？　この人が？　あたしに？」

思わず自分で自分を指さす。予想外。


「人を探していただきたいのです」

散々言い渋った後、おチョウさんはようやく相談内容を口にした。

容姿に違《たが》わぬ、小鳥の囀《さえず》りのような声音。にもかかわらず、それは悲痛の響きを伴う。表情も随分と思いつめたものに見え、潤んだ瞳からはいまにも雫《しずく》が零《こぼ》れ落《お》ちそうだ。ああ、可憐《かれん》。

「はあ」

対するあたしの答えは間が抜けている。だが、仕方ないだろ？　いきなり押し掛けてきた美少女に、いきなり人探しの依頼をされても、あたしはその対処の仕方を知らない。戸惑い、困惑、嫌な予感。

「おチョウさん、まずは順を追って説明しましょうか」

事前に話を聞いている様子のハルが、見かねて助け舟を出す。

おいおい、うちの旦那に舟を出されるなんて余程だぞ、と心の中で呆《あき》れる。

そんな心の叫びが聞こえたわけではないだろうが、目の前の美しい娘は俯《うつむ》き、頬を赤らめ、その頬に両手を添える。恥じらっている姿が初々しい。一つ一つの仕草が上品で、金を掛けて育てられた事をうかがわせる。

あたしは懐かしさを感じながら、その姿を見るともなく見ていた。

「すみません、ご挨拶が遅くなりました。私は長谷川町《はせがわちょう》で瀬戸物問屋を営む大黒屋《だいこくや》の娘でチョウと申します」

チョウと名乗った娘は、これまた美しい仕草で頭を下げる。

「ああ、長谷川町の大黒屋さん」

瀬戸物問屋の大黒屋。心当たりは、もちろんある。江戸でも指折りの大店《おおだな》だ。

あたしは、ほらね、と自分の中で一人納得の声を上げる。思った通り、箱入り娘だ。

「それで江戸でも有数の大店の娘さんが、こんなしがない貧乏長屋に一体何のご用で？

ああ、人探しでしたっけ？」

疑問の形を借りた皮肉。気分は嫁をいびる小姑《こじゅうと》。

棘《とげ》のある言葉に怯《ひる》んだのかおチョウさんは再び俯く。

あら、可愛《かわい》らしい事。と、小姑を気取ってはみるが、少しやり過ぎたと反省する。反省するが、おチョウさんの隣でその様子にあたふたしているハルを見るとなにやら謝る気にならない。

何事か考えているようにも、躊躇っているようにも見えたが、ようやくおチョウさんは顔を上げる。

その目は決意に満ちていて。

「私、恋をしたんです」

「はっ⁉」

突然の告白に、あたしは当然の反応を示す。

「一目見たその時から、片時もそのお顔が頭から離れないんです。どうしても、どうしてももう一度お会いしたいのです。お願いします、どうかあの方を探し出して下さい」

さっきまで潤んでいた瞳に強い光。小鳥の声にも熱が宿る。こちらを完全に置き去りにして、おチョウさんは一人熱くなっていく。アチチッ。

こんな美しい娘に告白されたら、こちらが照れてしまう。いや、あたしが照れる謂《いわ》れなど何一つないのだが。

「あっ、す、すみません。私、何をこんなに熱くなって……」

真っ赤な頬に両手を添え、体をくねらすおチョウさん。

「お気になさらず。続けて下さい」

第一印象を華麗に打ち壊す暴れっぷりに呆れながらも、あたしはおチョウさんを好ましく思い始めていた。小姑消滅。

その後も恋する乙女の暴走をしばしば挟みつつ、要領を得ない説明は続く。

「要するにどこの馬の骨だか、牛の骨だか分からない男におチョウさんが岡惚《おかぼ》れ。ところがどこの骨だか分からないから、会う事も出来ない。だから探してほしい、というわけですね」

馬の骨に例えたのが気に入らない様子も、おチョウさんは小さく頷《うなず》く。

「なるほど」

話は分かった、ようやく。分かったが、一つ疑問が残る。

「うちはいつから人探し屋になったんです？」

確か昨日までは花火屋だったはず。

「あっ、それはおらです。おらがおソラさんなら力になれるはずと紹介したから」

すっかり居る事を忘れていたハルが横から手を上げる。お前のせいかい！

「力になれる、どういう事です？」

「それはおチョウさんが、その方と出会った場所が関係するんです」

「場所？　どこです？」

言った途端、我が意を得たとばかりにハルは嬉《うれ》しそうに顔を綻ばす。

対照的にあたしは嫌な予感。

「両国橋《りょうごくばし》なんです。花火の下の両国橋」

江戸では皐月《さつき》（五月）の二十八日から葉月の二十八日までが夏の納涼期間。その間は夜間営業も許され、江戸一の盛り場である両国《りょうごく》はいつも以上に賑《にぎ》わう。

納涼開始となる皐月二十八日に、祝いと水難防止を願い行われる行事が川開き。両国橋で花火が打ち上げられるのが恒例。この花火を見ようと江戸中の人が集まる。誇張ではなく、本当に江戸中の人が集まったかと思う程の人出になる。

期間中は何度も花火が上げられるが、川開きの花火は別格であり特別。江戸庶民にとっても、あたしたち花火職人にとっても。

「無理です」

「えっ!?」

ハルは心底から驚いた顔をする。

素直な性格は考えている事が分かりやすい。その分扱いやすいが、逆にこういう時は分かりやす過ぎて腹が立つ。

「だから、人を探すなんて無理です。当たり前じゃないですか、あたしは花火を作ったり、打ち上げるのが仕事なんですよ。いくらその殿方を見かけた時に花火が打ち上がっていたからって、役に立つわけがありません」

「そうなんですね」

これまた心の底からがっかりしているのが分かる。分かってしまう。何だか自分の無能を責められているようで、苛立《いらだ》つ。

「そういう事は奉行所か、岡っ引きの旦那にでも頼んで下さい」

「それがですねえ、頼んではみたらしいんです。でも、相手にもされなかったそうで」

でしょうね。奉行所や岡っ引きも、町娘の色恋沙汰に首を突っ込んでいる程暇じゃないはずだ。

おまけに情報が少なすぎる。顔立ちや容姿を訊《き》いても、薄ぼんやりしていて今一つはっきりしない。それどころか出会った日時もよく覚えていない。はっきりしているのが唯一、花火見物に行った両国橋だった事だけ。

「とにかく手掛かりは『花火の下の両国橋』だけなんです。話を聞いて、気付いた事を一つ二つでも教えてあげるだけでもいいですから」

情けない顔のハルに拝まれる。その情けない顔がチラチラ気にしているのは、先程からひそひそと話し込む夫婦の様子を部屋の片隅で小さくなりながらうかがうおチョウさん。

「なんで、そんなにあの子に肩入れするんですか？　何か理由でも？」

「理由？　困ってみえたからです」

あっけらかんとした答え。

「それだけ？」

「はい。村のじい様が言ってました。困っている者を見かけた時は、声を掛けてやれって。だから、声を掛けました」

盛大な肩透かし。思わずがっくりと肩が落ちる。脱力。

「あなたと話していると、いろいろと考えてしまっている自分が馬鹿に思えてきます」

「どういう事です？」

「なんでもありません。いいですよ、話くらいなら聞きましょう。ただし、何も期待しないで下さいね」

言い終わらぬうちに、ありがとうございます、と満面の笑みが返ってきた。小躍りしそうなハルの様子が可愛く思えてしまうのが、なんだか悔しいような、そうでもないような。

女心は複雑なのだ。

乗り掛かった舟。とにかくおチョウさんの話を聞く事にした。

あの日は朝からとても暑かった。太陽はまるで炎のように燃え盛り、じりじりと町を焼いていました。ようやく日が陰り、夕闇が迫っても暑さが和らぐ事はなく、堪《たま》りかねた私は一人で両国橋へ向かいました。涼を求めるためです。丁度その日は花火が打ち上がる日だったため、橋が近づくにつれ人は多くなり、袂《たもと》まで来た時には身動きも取れない程。日が暮れると茶店の軒下に明かりが灯《とも》り、昼間のような明るさ。まるで暗くならない国に迷い込んだのかと錯覚してしまう程。光輝く川面《かわも》をつらつら見つめていると、突然に響く雷音。飛び上がる程に驚きました。空を見上げれば、金や銀、赤や青など様々な色の花火が次々に打ち上がり、息吐《つ》く暇さえない程。空は様々な色の真ん丸い大輪の花で埋め尽くされていく。その一瞬に貴も無く賤《せん》もなく、誰もが足を止め、空を見上げている。まさに大空で第一の壮観。やがて音が止《や》み、一瞬の静寂が戻る。空に向けていた目を地上へと戻した時でした、その殿方と目が合ったのは。それはまさに——。

「はい、そこまでで結構です」

パンと手を叩《たた》き、あたしはおチョウさんの話を止めた。

めくるめく恋の章が始まる寸前で話を止められ、おチョウさんは些《いささ》か不満そう。だが、先程の調子ではこちらが熱に当てられてしまう。どうか、勘弁してほしい。

「何か分かりましたか？」

期待に満ちた目でハルがこちらをうかがう。そんな目で見るなって。

「まだなんとも」

実は話を聞き始めた段階で、おやっと思う事はあった。だが、いまはまだ黙っておく。

「そうですか」

がっかりしたようにも見えるおチョウさんの様子を、あたしはしげしげと眺める。どの角度から見ても、やはり美しい娘だ。

「もう一つ、教えて下さい。その日、花火は何発くらい上がりましたか？」

「か、数ですか？　えっと、百は上がったでしょうか」

「百ですか。なるほど」

あたしは大きく頷いた。

「おソラさん？」

もう一度ハルがこちらを見る。どうしようかと、少し迷ったが、

「幾つか分かった事があります」

一斉にあたしに向けられる視線。注目。といっても二組なのだが。

「本当に？　本当にあんな話だけで何か分かったんですか？」

おチョウさんの驚きように、少し気の毒になる。あまり気に病んでもらっても困るのだ。

こほん、とわざとらしく咳払《せきばら》いしてから、あたしは話し出す。

「まずは日時を一つずつ絞っていきましょう。大川《おおかわ》（隅田川《すみだがわ》）の納涼期間は毎年皐月二十八日から葉月二十八日まで。ですが、花火の打ち上げが許されているのは文月（七月）いっぱいまでですから、出会ったのが葉月なんて事はありません」

ちなみに今日は葉月十六日だから、まだ納涼期間中ではある。

「そうなんですか？」

「そうなんです。それから納涼期間だからといって、毎日花火が上がるわけではありません」

「えっと、それじゃあ、いつ花火は上がるんですか？」

「出資者が現れた時です」

要するに花火をお買い上げくださる人が現れた時だ。

具体的に言えば、夕涼みに繰り出してきた旦那衆や、川沿いの料亭や舟遊びに来たお大尽、役人の接待に勤《いそ》しむ商人。茶屋や料理屋が共同で購入する事もある。つまり一発一両とも言われる花火を買って、それを目の前の大川で打ち上げさせて楽しむ。花火とは贅沢《ぜいたく》な遊びなのだ。

「あれ、それじゃあ花火見物に来ている人達って……」

「そうです。他人の金で上がる花火を、無断で覗《のぞ》き見《み》しているだけなんです」

もっと言えば、他人が金を出してくれるのを期待しているとも言える。

「いいんですかねえ、それ？」

「いいんです。花火を買った連中だって、大勢に見てもらって、わあわあと騒いでもらうから楽しいんです。辛気臭く、静まり返った所で一人花火を見ても、楽しくも何ともありません」

「なるほど」

「それより重要な事は、大概の場合、花火がいつ打ち上がるかは分からないという事です。ですが、おチョウさんの話では、その日は観客で一杯だった。おかしいとは思いませんか？」

あっ、とハルが声を上げる。

「そう言えば、前もって花火が上がると分かっていなければ、そんなに大勢の人が集まるなんてありえませんよね」

「そうです。そして事前に花火が上がると分かっている日も、実は幾つかあります。例えば初日の川開き。この日は必ず花火が上がる事になっています。あとは大名連中が花火を上げる日です」

「お大名様も花火を見に来られるんですか？」

「もちろんです。日本で一番最初に花火を見たのは徳川家康公《とくがわいえやす》だと言われていますし、各藩お抱えの花火師もいます。ここで鍵になるのがおチョウさんの見た花火です。おチョウさんは花火が打ち上げられたと言いましたね？間違いないですね？」

「えっええ、はい。多分……」

突然振られたからか、ひどく戸惑いながらおチョウさんは答える。相変わらず頼りない態度と返答だが、いまは気にしないでおく。

「一括《くく》りに花火といっても、大名花火と町人花火では違いがあります。大名の花火は大砲の原理を利用した打ち上げ式の花火が主体。これはお抱えの火術家や砲術家が担当するためです。逆に町人には大砲や鉄砲の技術なんてありませんから、仕掛け花火と呼ばれる横に広がる花火が中心になります。いまは互いに技術を吸収し合っていますが、やはり特徴として残っています。おチョウさんが見たのは明らかに打ち上げ花火。しかも百発となれば大名家の花火に違いないでしょう」

「どこのお大名様か分かるんですか？」

ハルが一際、身を乗り出してくる。

「そう慌てないで下さい。大名花火といってもやはり人気、不人気はあります。身動きが取れなくなる程の人を集める花火といえば、水戸《みと》、尾張《おわり》、紀州《きしゅう》の徳川御三家。それから派手好きで知られた伊達政宗《だてまさむね》公を初代とする仙台藩《せんだいはん》くらいでしょうね」

ほっーと、ため息が漏れるのを聞いた。

「おソラさん、凄《すご》い。花火の話を聞いただけでそこまで分かるんですね。他には？」

「そうですねえ」

喋《しゃべ》りながら、あたしは段々と馬鹿馬鹿しくなってきた。いつまでこの茶番劇に付き合うのかと。だから、

「まあ、とにかく行ってみましょう」

「どこへ行くんです？」

小首を傾《かし》げるおチョウさんとハルを尻目に、あたしはさっさと立ち上がる。

「両国橋に決まってるじゃないですか」

「はあ、ここが両国ですか。でっけえ橋だなあ」

両国に着いたのは夕暮れ前。田舎者丸出しの感想を、声高に叫ぶのはハル。

「両国は浅草《あさくさ》と並ぶ江戸一の盛り場。言うなれば、日本で一番の賑《にぎ》わい処《どころ》なんです」

見世物小屋などで有名な両国広小路《ひろこうじ》があるのが橋西詰め、東側は向う両国という。いずれにせよ橋の上も含めて、江戸随一の盛り場だ。いまも多くの人が行き交っている。

両国が江戸一の盛り場になる切っ掛けは、皮肉にも災害だった。

江戸の町の三分の二を焼いたという明暦の大火事。その復興にあたり、防火対策の一つとして考えられたのが類焼を防ぐための火除《ひよ》け地。両国橋の両岸は火除け地として建物の建築が禁止された。

だが、広大な空き地をそのままにするのはもったいない。すぐに立ち退ける屋台ならいいだろ、という商魂逞《たくま》しい野郎がいたかどうかは知らないが、簡素な小屋で商売する者が現れると、あっという間に喧騒《けんそう》響く盛り場へと変わっていった。

パッと見渡しただけでも見世物小屋に芝居小屋、相撲に大道芸、川沿いには水茶屋、路地には物売りが溢《あふ》れている。

目移りするのか、先程から辺りをキョロキョロ見回すのはハル。

そのハル以上にはしゃいでいるのが、並んで歩くあたし達の前を行くおチョウさん。あれもこれもと首を突っ込み、中を覗いては喝采を上げている。

さながら小鳥が空を飛び回るかのよう。

両国へ行くと聞かされた時のおチョウさんは、随分と狼狽《ろうばい》していた。

まだ心の準備がとか、こんな格好でとか、しきりに嫌がり腰を上げようとしない。

会いたい、会いたいと言いながら、いざ会えるとなると急に躊躇《ためら》う。傍《はた》から見れば滑稽だが、その乙女心はよく分かる。咄嗟の言い訳としては及第点だ。

「まあまあ、まだ会えると決まったわけじゃありません。それに日が落ちるまでには時間もあります」

とか何とか。なだめて、すかして、ようやく腰を上げさせた。

それでもしばらくはぐずぐずしていたが、両国が近づくにつれ、賑わいが耳に届くにつれ、おチョウさんの足取りも軽くなる。

「おチョウさん、楽しそうですね」

「ええ、まるで初めて来たみたいに喜んでいますね」

意味ありげに微笑《ほほえ》むあたし。気付かないハル。

「それにしても凄い人出ですね。流石《さすが》、日本一の盛り場」

「はっ」

思わず鼻で笑ってしまった。笑止。

確かに両国は今日も多くの人で賑わっている。だが、いまは納涼期間も最終盤。

「これでも閑散としている方ですよ。この程度で驚いていたら、川開き当日の人出を見た日には腰を抜かしますよ。橋の上も下も、人という人で埋め尽くされ、身動き一つ出来ませんから」

「橋の下も、ですか？」

「下もです」

橋の下、つまり川の上も大名や豪商が乗る船、その間を縫って行き来する物売りの小舟で埋め尽くされる。

「聞けば聞く程凄いですね。川が船で埋まるなんて信じられねえです」

「川の上はまだいいですよ。お大尽たちは船の中で優雅に酒なんか飲んで、芸者なんて呼んで、気長に花火が上がるのを待ってりゃいいんですから。悲惨なのは橋の上の庶民です。身動き一つとれないんですから。もしここで子供とはぐれようものなら今生の別れ、二度と会えないって言われるくらいです。母親達は子供とはぐれないように、しっかりと手を繋《つな》ぐんです」

あえては言わないが、人買いも結構出ているという噂《うわさ》もある。あとはスリや巾着切り。特にハルなんてぼんやりしているから、いいカモだ。気をつけさせなくては。

「とにかく大切な物からは手を離さない事が大事。しっかりと摑《つか》んでいて下さい」

注意すると、珍しく神妙な顔でハルは頷《うなず》いた。よしよし。

しばらく並んで歩いていると、不意に袖を引かれた。何事かと見れば、ハルがあたしの小袖の袖をしっかりと摑んでいる。

「なんですか？」

「大切な者からは手を離さない、それが大事なんですよね」

そう言うと、どこか照れくさそうに鼻の頭を掻《か》くハル。

「ええ、そう言いましたけど……」

そんなにあたしの小袖が大事なのか？　やっぱり、よく分からないうちの旦那。

その後も三人で両国の盛り場を見て回り、時間が許す限りに楽しんだ。

やがて夜の帳《とばり》が下りる。それでも両国が暗闇に沈む事はない。

川沿いにずらりと並ぶ茶店。その軒下に吊《つ》るされた明かりが一つ、また一つと灯《とも》され、やがて辺りを昼間のように照らし出す。光を受けキラキラと輝く大川の流れを、秋の色が混じった風が渡っていく。

「ああ、まるで極楽浄土でねえか」

この景色を初めて見るであろうおチョウさんとハルは息を飲み、言葉を失う。茫然《ぼうぜん》と黄金の川を見つめるハルの横顔を、半分だけ光に照らされたその顔を見ながら、あたしは今日ここへ来た事に満足する。

だが、ここまで。そろそろ頃合いだ。

このまま放っておいたら朝まで遊んでそうな二人の前に回り込み、大きく両手を広げた。

「さて、残念ですがお二人とも、そろそろお時間です」

何かに気付いたのか、おチョウさんの顔色がさっと青くなる。

「あれ、そういえば人探しは?」

こちらはどこまでも呑気《のんき》なハル。ようやく本題を思い出したらしい。一体、何をしに来たんだか。呆《あき》れてしまう。

「その件は、もう大丈夫なはずです。そうですよね、おチョウさん」

急に振られたからか、それ以外が原因なのか、びくりとおチョウさんの体が跳ねる。最初は何も言わず目を逸《そ》らしていたが、やがて意を決したのかこちらを向く。

「はい。ありがとうございました」

そう言っておチョウさんは小さく頭を下げた。その所作はどこまでも美しい。顔を上げた時には、笑みが浮かんでいた。寂し気な、それでもどこか吹っ切れたような微笑み。広げた羽を仕舞って、小鳥は鳥籠へと戻っていく。

堪《たま》らなくなって、あたしは下を向く。

「えっ、え～っと、あれ？　おソラさん？」

隣で情けない声が上がった。話に取り残されたハルがこちらに助けを求めてくる。

戸惑ってます！　と分かりやすく訴えかけてくるその表情に、思わず噴き出してしまった。気付けばおチョウさんも笑っている。とても楽しそうに。

「まったく、あなたがいると感傷的な気分も吹き飛んでしまいますね」

「えっと、よく分かりませんが、とにかくすみません」

「褒めてるんです。さあ、ハルさんの疑問には後で答えてあげますから、まずはあたしの言う事を聞いて下さい。これからハルさんに重要な任務を授けます」

「任務ですか？」

「そうです。いいですか、必ず言った通りにやって下さいね。大丈夫、あたしの言う通りにすれば必ずいい事があります」

あたしはにっこりと微笑んで見せた。

「ただいま帰りました」

「ああ、お帰りなさい。ご苦労様でした」

そろそろ木戸門も閉まろうかという刻限、ハルが長屋に帰ってきた。その背には大きな風呂敷《ふろしき》包み。

「どうやら上手《うま》くいったみたいですね」

しめしめ、とほくそ笑む。

「上手くいったのかどうか分かりませんけど、おソラさんの言った通りにはなりました」

大満足のあたしとは対照的に、ハルの表情は冴《さ》えない。あたしを見る目が心なしか珍獣を見るそれになっている。余程混乱しているようだ。

「一体、どういう事です？　おら、何が何だか訳が分からなくて」

「はいはい、ちゃんと説明してあげますから。まず手と足を洗ってきて下さい。それから夕食にしましょう。話はその後です」

江戸の夕食は簡単。朝炊いてすっかり冷たくなった飯を茶漬けにして、漬物と一緒に掻き込む。さらさらさら。

食事が済んだら、あとは寝るだけ。行燈《あんどん》の油代が勿体《もったい》ないから、月が出ていない日はさっさと床に就く。それで一日は終わり。

だから、今夜は特別。行燈に灯《あか》りを入れ、ハルと向き合う。

「で、どうでした？」

まずは与えた任務の首尾を訊《き》く。

「はい。ちゃんとおチョウさんを大黒屋さんまで送ってきましたよ。道は、おチョウさんが一緒だったから大丈夫でした」

そう、任務とはおチョウさんを大黒屋まで無事送り届ける事。

「でも、不思議なんです」

「何がです？」

「おチョウさんが大黒屋さんに着くや否や、もう店中がてんやわんや。ご主人は草履も履かずに飛び出してくるし、女将《おかみ》さんはおチョウさんを見るなり泣き出すわ。とにかく大変でした」

「でしょうね」

上よ下よの大騒動。その様子が目に浮かぶ。愉快愉快。

「それでハルさんは？」

「最初は店の人に囲まれて、店の裏へ連れて行かれそうになりました。みんな怖い顔で、なんか怒ってるし。でも、おソラさんに教わった通りに言ったら、みんな急に戸惑い出して」

「それから?」

「最後はおチョウさんが、その通りだと言ってくれたんです。そしたら急にみんな優しくなって。手を握って感謝されるわ、泣いて喜ばれるわ。座敷《ざしき》に通されそうになったんで、おら、おソラさんが待ってるから帰りたいって言ったら、お土産持たされて。後日、ちゃんとお礼に伺うとまで言われました。一体、なんだったんでしょう?」

「ちゃんと教えた通りに、言えたみたいですね」

「はい」

ハルは大黒屋へ行く前に、あたしが教えた台詞《せりふ》を暗唱してみせる。

『夕暮れ時に本所の方を流していやすと、たいそう柄の悪い男共がお嬢さんと揉《も》めてるじゃありませんか。こりゃあ、いけねえと助けに入らせて頂きやした。男共? さあ、どこのどいつかは知りやせんが、大方人さらいを生業《なりわい》とする悪党どもでしょうねえ。人相も悪い奴らでしたから。まあ、大人しくお嬢さんを解放すりゃあいいのに歯向かうから、ちっとばかり痛い目みてもらいやした。聞けばふらりと外へ出たところを襲われたとか。夜道を一人帰らせる程野暮じゃないんで、こうして送り届けさせて頂きやした。いや、礼には及びません。当然の事をしたまで。名前ですか? 名乗る程の者ではありませんが、丸屋《まるや》のハルと申します。丸屋、花火の丸屋でございます。どうぞ花火の丸屋、お見知りおきを』

どうです？　と得意げに胸を張るハル。

「わあ〜、凄《すご》い棒読み」

この容姿に、この棒読みでは、そりゃあ店の人も疑うよ。おチョウさんが助け舟を出してくれて助かった。

思っていたより際どい展開に、いまさらながら冷や汗が流れる。

ちなみにハルが持たされた手土産、風呂敷の中身は菓子折だった。長屋住まいでは手の届かない高そうな菓子が詰め込まれていて、いまはあたしとハルの前に置かれている。

菓子を一つ、摘んで口に放り込む。甘い。

「でも、どうしてこんな嘘《うそ》を？」

さて、何から説明しようか。

「おチョウさん、もうすぐ嫁入りされるんです」

「えっ、そうなんですか？」

「はい。相手は武家の名家だとか。正室ではないけれど、とてもよい縁談だと評判になっている《》そうです」

長屋へ戻って来るなり、すぐにタキを捕まえて話を聞き、大家さんにも確認をした。町の噂には滅法耳聡《みみざと》いタキと、江戸中の縁談に関してその耳に入らぬ事はない大家のご隠居。この二人が揃《そろ》って言うのだから間違いない。

「へぇ～、それはめでたい！　で、いいのかな？」

喜びかけたハルは、途中で首を捻《ひね》る。

「少なくとも両親は大喜びでしょうね。店に箔《はく》が付くし、後ろ盾も出来る。上手くいけば幕府や大名のご用達《ようたし》になれるかもしれない。万々歳ですよ」

金を掛けて育ててきた甲斐《かい》があるというものだ。

だが、ハルの表情は複雑だ。

「でも、おチョウさんが探していた人って、嫁入り相手じゃないですよね」

「違うでしょうね。だから、こっそり店を抜け出したんです」

「抜け出した？　どういう事です」

ギョッと目を見開くハル。どうでもいい事だが、これだけ素直に反応が返ってくると話し手としては気分がいい。つい、要らない事まで話しそうになる。ハルの意外な才能だ。

「こう見えて江戸の町も割に物騒なんです。流石《さすが》に白昼、人さらいや誘拐は滅多にありませんが、その辺のゴロツキや酔っ払いが絡んでくる事なんて茶飯事。だから、大黒屋さんほどの大店《おおだな》の娘なら外出するとき、乳母や下女、少なくとも店の者が一人は必ずお供に付きます。ましてやおチョウさんは嫁入り間近の身ですから、何かあったら一大事。でも今日、おチョウさんはお供を連れていなかった」

「あっ、内緒で店を抜け出してきたからお供の人がいなかった！」

はたと膝を打つハル。正解。

「そう。本当は露見しないうちに戻るつもりだったのでしょうけど、思いがけず遅くなってしまった。娘がいない事に気付いたお店は大わらわ。正直に話せば、おチョウさんだって怒られる。事によっては、二度と外出させてもらえないかもしれない。だから無断外出がばれないよう、ハルさんに嘘をついて頂いたというわけです」

「なるほど。店主やお店の人達があんなに大騒ぎしていたのも納得です。あっ！」

「なんです、急に大声なんて出して？」

貧乏長屋の壁は薄い。少しでも大きな声を出せば、隣の部屋に筒抜け。ましてやいま、江戸の町は眠りについている。

すみません、と素直に謝るとハルはずいっと身を寄せ、声を潜めて話し出す。

「おチョウさんですけど、本当は駆け落ちしようとしてたんじゃないですか？」

「駆け落ち？」

答えながら、随分と不思議な事を言い出すものだと、自分の旦那を見る。すぐ横にハルの顔。距離が、近い。

「おチョウさん、きっとこの縁談が嫌なんです。だからあの両国橋ですれ違った人、岡惚《おかぼ》れした殿方と一緒に駆け落ちするつもりだったんじゃないですかねえ。だとしたら、可哀《かわい》そうな事したんじゃあ」

「ああ、大丈夫ですよ。あの話、嘘ですから」

「えっ、嘘!?」

「はい。全部、おチョウさんの作り話です」

キツネにつままれ、きょとんとするハル。

さりげなく距離を取りながらあたしは続ける。

「気付きませんでしたか？」

「全然」

分かってはいたが、人を疑うという事を知らない人だ。苦笑。

「両国橋に行った時、おチョウさんまるで初めて来たかのようにはしゃいでました。不思議に思いませんでしたか？　花火見物で来た事があるはずなのに」

「そ、そういえば」

真ん丸に見開かれたハルの目が、あたしをじっと見つめる。やめなさい！　そんなに見つめられると照れるでしょ。

そっと視線を逸《そ》らす。

「いつ気付いたんですか？」

「最初に花火の話を聞いた時です」

「花火の話？」

おチョウさんは金や銀、赤や青など様々な色の花火が次々に打ち上がり、息吐《つ》く暇さえなかったと話してくれた。あり得ないのだ。いまのこの時代の技術では、花火に色を付ける事はできない。炎が持っている淡い橙色《だいだいいろ》、それが全て。せいぜい明るさの強弱を出すくらいが精一杯。

「それに息吐く暇もない程打ち上げる事も出来ません。一発打ち上げたら、次を打ち上げるまでに長い時には半刻《はんとき》（約一時間）掛かる時もあります」

花火が上がるのを待つ間に、見知らぬ男女も言葉を交わしいい仲になる。これが花火の下で芽生える恋の実状。まあ、それくらい長く待たされるのだ。

「花火の描写の出所は、おそらく御伽草子《おとぎぞうし》か色物語か。そんなところでしょう。あれらは人の夢、理想を描いているものですから、現実とは違います」

理想の恋、理想の花火。

月のように真ん丸で、幾重もの色に彩られ、息吐く暇もない程に打ち上げられる。花火師なら誰もが夢に描く理想。いつの日か、そんな花火が江戸の空に打ち上がる日がやってくるのだろうか？

「だから、この人は花火を見た事がないし、両国へ行った事もない。すべては作り話だと分かったんです」

「なるほど。でも、じゃあなんでおチョウさんは居もしない人を探してるなんて嘘を？それにどうして店を抜け出したりしたんです？」

「鳥籠の外を、見てみたかったんです」

訝《いぶか》るハルに微笑《ほほえ》む。少し寂し気に。

「大店の娘ってのは、案外不自由なんですよ。十歳を過ぎた頃から習い事、習い事の日々。女らしい手紙の書き方から始まって、漢詩、和歌、舞、音曲、三味線、琴などなど。もう目が回りそうなくらいなんです」

技芸が多い程、女としての価値も上がる。価値が認められれば、大奥や御殿など憧れの場所に勤める事も出来る。そこでお手付きにでもなれば家は万々歳だ。そうでなくとも商家は息子に跡を継がせず、娘に優秀な婿を迎える『跡継ぎ指名』を選ぶ店も多い。店の将来が掛かっているから親も必死だ。娘の価値が、店の将来に及ぼす影響は大きい。

全ては良縁を得るため。

「なんだか道具みたいですね、家のための」

相変わらず素直な感想を繕う事もなく言ってくれる。苦笑。

「恋と縁談は違います。恋は個と個ですが、縁談はあくまで家と家の話です。それでも娘の幸せを願わない親はいません。あたしの知る限りですが」

少しでもよい家に嫁ぐ事が、よい家からよい婿を貰う事が、娘の幸せに繋《つな》がると信じているのだ。娘を思っての事ではある。ただ、そこに娘の意志が反映されてないだけ。

「ふ〜ん、そんなもんですかねえ」

あまり納得のいっていない様子。

「そうとは分かっていても、たまに窮屈に思う時があるんです。そんな時に御伽草子や色物語を開くと、自分もこんな恋がしたい。いや、出来るんだ。そう思っちゃうんですよね」

あくまで物語の中の恋なのに。

「それで鳥籠の外へ飛び出したんですね」

「ええ。最初は一人でちょっと町を見て回るくらいの気持ちだったと思います。でも、運悪くハルさんに会ってしまった」

「運悪く？　おらに？」

自分で自分を指さすハルの表情は複雑だ。思わず噴き出す。

なにしろ籠の鳥だ。飛び出して来たはいいが、どうしていいか分からない。道を教えてくれる女中も、庇《かば》ってくれる下男もいない。不安にかられているところに声を掛けられた。

「見れば如何《いか》にも人の良さそうな奴。おまけに妙に愛嬌《あいきょう》に溢《あふ》れている。こいつなら騙《だま》せるんじゃないか？　騙して町の案内と警護をさせよう。そう思った事でしょう。それで咄《とっ》嗟《さ》に人探しなんて嘘を吐いた。寺に神社、花見に花火、出先ですれ違った男女が恋に落ちるのは物語の定番ですから」

おまけにハルは例の調子で話を聞いてくれるから、ついつい話も膨らんでいく。

ただ運が悪かったのは、ハルが只《ただ》のお人よしではなかった事。なにしろ嘘を真に受け、人探しなんて厄介事を真剣に手伝おうとする底抜けのお人よし。

それに気づいた時にはもう遅い。いまさら嘘《うそ》でしたとは言えず……。

それが真相だろう。

大店時代のあたしもそうだったから、おチョウさんの気持ちはよく分かる。

もっともあたしはおチョウさん程、大人しくはなかった。女らしいお稽古より、花火作りに熱中する変わった娘で通っていた。当然、乳母や女中の目を盗んでの無断外出など茶飯事。我ながらおちゃっぴい(おてんば)な娘だったと思う。

そんな話をちょろっとしたら、

「おソラさんらしくて、安心しました」

そんな事を言われてしまった。誉《ほ》め言葉だろうか? 判断に迷う。

「まあ禍《わざわい》転じてじゃないですが、おチョウさん、今日は一日楽しかったと思いますよ。ハルさんのお陰で」

「いやいや。両国へ連れて行ってあげたのも、店に無事に帰してあげたのも、みんなおソラさんじゃないですか。何だかんだ言って、優しいですねおソラさんは」

鼻で笑ってしまった。

「あたしがただで人を助ける、そんなお人よしだと思ったんですか?」

「違うんですか?」

「違います」

大黒屋は大店だ。恩を売っておいて損はない。

「同時に丸屋の名前を覚えてもらえれば、花火の受注に繋がるかもしれません。だからハルさんには、丸屋の名前を連呼してもらったんです。宣伝ですよ、全て」

「はあ、おソラさんもおチョウさんも、いろいろ考えてるんですね」

驚きとも呆《あき》れともつかぬため息を吐くハル。そんなハルに、あたしは意地の悪い笑みを向ける。

「もちろんです。女はみんな賢くて、強《したた》かなんですよ」

参りました、とハルは大袈裟《おおげさ》に頭を下げた。あたしは満足する。

「どうです、少しは後悔し始めました？　あたしの婿になった事」

「いえいえ。ますます好きになりました、おソラさんの事」

「……」

不満顔でそっぽを向いておく。どうもあたしは主導権を握れないと脆《もろ》いらしい。まだまだ未熟なり。

「おチョウさん、これからどうなるんでしょう？」

「どうもしやしませんよ。大黒屋さんだって、今回の事を大事にする気はないでしょうから。このままずんなりと縁談がまとまって、めでたしめでたしです」

「めでたしめでたし、なんですかねえ」

「意にそぐわない縁談が幸せにつながる事もあれば、大恋愛が不幸につながる事もあります。人の行く末なんて、誰にも分かりませんよ。大店の娘が一年後には長屋住まい、なんてこともありえるんですから。さあ、もう寝ましょう」

話は終わりとばかりに、あたしは大きく伸びをする。少しばかり疲れた。欠伸《あくび》をしながら立ち上がる。

「おソラさんは、いま幸せですか？」

振り向くと、いつにない表情のハルがいた。

夜風に軋《きし》む戸の音が、静かな室内に響く。

「人はあたしの境遇を聞くと、不運だねとか、可哀そうにとか言います。でも、あたしはそうは思いません。大店時代のような贅沢《ぜいたく》は出来ないけど、ここには自由があります。好きなだけおしゃべりも出来るし、買い食いしても怒られません。御菓子も食べれるし、お酒も飲めます。不幸だなんて思いません。ただ」

「ただ？」

「幸せかといわれると、さて、どうでしょうか？」

ニヤリと笑って見せる。きっと底意地の悪い笑みを浮かべているだろうあたしを、ハルは目を丸くして見ていた。

あたし達の仮初めの夫婦生活は、まだ始まったばかりだ。

翌朝、味噌汁《みそしる》を一口すすったハルはあっと声を上げた。しげしげと味噌汁を見つめた後、

「おソラさん、これ？」

「無駄口叩《たた》いてないで、さっさと食べてしまって下さい」

素知らぬ顔。

「おソラさん」

「なんです、まだ何かあるんですか？」

「ありがとう」

「……」

あたしは素早く残った飯を掻《か》き込むと、ハルに背を向け立ち上がった。

赤らんだ頬と、にやける口元を見られないために。

第三章【威風凛凛】

江戸《えど》の冬は寒い。

神無月（十月）に入ってすぐのある日の朝、いつものように外へ出ると冬の匂いがした。清廉でまじりっけがなく、何ものにも阿《おもね》らない凛《りん》とした冬の匂い。

ああ、冬が来ると思っているうちに、気温はぐっと下がっていく。朝に霜が降り、夜には汁粉売りの声が聞こえ出す。ハルの袷《あわせ》に綿を入れ、火鉢を出す用意をしておく。

そして雪が降った。雪と静寂の中に沈んでいく江戸の町。

冬の寒さは人恋しくさせる。一人ではない、二人で迎える冬が始まった。

「花火を製作する上で必要不可欠な物は、当然ですが火薬です。花火作りは火薬を作るところから始まります」

夜明けが間近に迫っている。東の空から白んでいき、部屋の中も次第にうす明るくなっていく。冬の明け方だ。凍える程寒い。だが、まだ火は入れない。

ハルがうちにやって来て四か月になる。仮にも——いや、仮ではあるのだが——花火屋の主が花火の基礎も知らないでは締まらない。そこで少しずつだが花火の作り方を教えていく事にした。

ひとたび仕事を始めれば、住み慣れた九尺二間の空間にも緊張が走る。

なにしろ扱う代物が代物。間違って爆《は》ぜれば腕の一本や二本、簡単に失う事になる。場合によっては命だって。

「いいですか、火薬の主原料は『焔硝《えんしょう》(硝石)』『硫黄』『灰(木炭)』の三つです。これを決められた分量で配合する事で火薬が出来ます」

「たった三種類なんですね」

「そう、一見単純です。でも単純だからこそ分量、配合がとても重要。いいですか、見て下さいね」

三種類の材料はすべて粉末状にしてある。それをきっちりと計量し、広げた一枚の半紙の上に載せていく。やがて三つの山が出来た。そしたら半紙の四隅を順に持ち上げながら、三種の粉が均等になるまで混ぜていく。むらなく均等に、それが重要。

冬日、額から汗が流れる。硫黄独特の、腐った卵のような匂い。粘り気のある唾がのどに絡む。

花火作りに求められるのは、慎重過ぎる程の慎重さ。

ちなみに火薬は材料やその質、微妙な配合量の違いで効果が変わってくる。

だから花火作りでは、種類や目的に合わせて数種類の火薬を用意し使い分ける。火薬の配合こそが花火の肝。だから各店ごとの配合があり、それは門外不出とされ、長く口伝のみで伝えられてきた。

「よし、大丈夫です」

息を吐き、額の汗を拭う。半紙の上の三つの山が崩れ、一つの黒い山に変わった。

「これが、火薬ですか？」

緊張しているのか、それともしていないのか。判断に迷う程いつもと変わらぬハルの声。

ただ、その目は好奇心に爛々《らんらん》と輝いている。

「そうです」

「火を点《つ》けると？」

「爆発します。って、馬鹿な事を言わせないで下さい。さあ、今度はハルさんの番です。この火薬に樟脳《しょうのう》と鉄粉を混ぜて、火薬の玉を作って下さい。大きさは小指の先くらいです」

言われるまま作業を進めるハル。初めてにしてはなかなか……、不器用だ。

「ちょっと、ちゃんと玉の大きさを揃《そろ》えて下さい。これ大き過ぎるし、こっちは小さい」

「す、すみません」

ふう～と息を吐き、目元の汗を拭うハル。炭で汚れた手で擦るから、目元と鼻先が黒く染まる。それでも本人は気づいていないから、思わず噴き出しそうになった。我慢、我慢。

「出来た火薬玉は葦《よし》の先に詰め込んで下さい」

「葦？　植物の葦ですか？」

その通り。月見の時に、タキにとってきてもらった葦――あのタキが、奇跡的に忘れていなかった！――だ。イネ科の多年草である葦の茎は中が空洞で節がある。細く引き伸ばした竹と思ってもらえればいい。この構造が今日作る花火に適してる。

「何ですか、これ？」

「花火ですよ、手持ち花火。この火薬玉を詰めた葦の先端に火を点けると、火薬玉に着火し、火の粉が噴き出す仕組みです」

「なるほど、後ろには節があるから、前から噴き出すしかないという訳ですね」

感心したようにハルは頭を何度も振る。

「そうです。単純な仕組みですが、この仕組みを応用して様々な種類の花火が作られています。葦を竹筒や木筒に代えて巨大化させるのはもちろん、噴射する火の粉の勢いを推進力にして物を動かしたりもします。ねずみ花火なんかが代表例ですかね」

「なるほど、なるほど」

ちなみに火薬に樟脳を混ぜたのは、火薬だけの時より燃焼時間が長くなるから。燃焼時間が長くなれば、それだけ花火を楽しめる。そして鉄粉は燃えるとパチパチと火花を出す。

朝食前に二人して二十程、手持ち花火を作った。幾ら不器用とはいえ、やはり作業者が一人増えるといつもより生産性が上がる。

何気なく鼻歌なんぞ口遊《くちずさ》んでいた。


「はあ〜」

いつもと同じ井戸端に響く盛大なため息。吐き出された吐息さえも白くけぶっていく。

朝食を済ませ、井戸端に集まっているのは姦《かしま》しいいつもの顔ぶれ。

「おいソラよ、また随分なため息だな。どうしたんだ、そんな深刻そうな顔して？」

いつにもまして男前なタキの顔が、あたしの時化《しけ》た面を覗《のぞ》き込んでくる。心配しているのか、からかいたいのか。大きく持ち上がった口元で後者と判断。

「なんでもない」

ぐいっとタキを突っぱねる。

「ハルさんの事よね、ため息の原因は」

今度は逆側からおシノちゃんの綺麗《きれい》な顔が覗き込んでくる。二人の美女に挟まれて、男共にとってはさぞや羨ましかろう。まさに両手に花。

「まあ、そうなんだけどね」

「おっ、なんだよ。ハルの奴、何かしでかしたのか?」

「もう野暮ねえ、タキは。ソラちゃん、寂しいのよ。ああ、片時も離れたくないくらいに旦那さまの事が恋しいなんて素敵ね。羨ましいわ。きっと昨夜も――」

「違います!」

両手を赤らめた頬に添え、身をくねらすおシノちゃんの発言をきっぱりと遮る。このまま放っておくと、おシノちゃんの想像がとんでもないところに行きついてしまいそうで怖い。

「で、結局何が原因なんだよ? 下らねえ夫婦喧嘩《げんか》なら聞きたくないぜ」

「先に首突っ込んできたのは、あんたの方でしょうが。いや、夫婦喧嘩でもないし」

お互いの利益のため夫婦となって数か月、あたしとハルはそれなりに上手《うま》くやっている、はず。少なくとも表面的には二人に大きな問題はない。

頭を痛めているのは年中逼迫《ひっぱく》している財政事情と、逼迫している原因。

「少し前からハルさんに花火を売り歩きに行かせてるのよ」

「おお、振り売りな」

振り売りとは、荷物を持ち運び、街中を売り歩く商売。声をあげながら売り歩くので触れ売りともいう。江戸の町で花火の打ち上げを許可されているのは、夏の納涼期間だけ。ただし、小型の花火に関してはその限りではない。線香花火をはじめ、子供達が庭や路地で楽しむ花火。いわゆる庭花火、玩具花火と呼ばれる物は一年中楽しめる。

いま丸屋《まるや》にとってはこれが飯のタネ。小売店から注文があればいいが、そうでない時は花火を箱に並べて町を売り歩く。そしてもちろん、そうでない時の方が圧倒的に多い。

いままでは花火を作るのも売るのも一人でやっていたが、ハルが転がり込んできたので分業にした。つまりあたしが作って、ハルが売る。上手くいくと思ったのだが……。

「何か問題でもあったの？」

首を捻《ひね》るおシノちゃん。

「売れないの」

「何が？」

「花火」

切実な、本当に切実なあたしの言葉にタキとおシノちゃんは顔を見合わす。そんな事か、とその顔には書いてある。

「そりゃあ、この時期だからな」

確かに年中売っているとはいえ、やはり一番需要があるのは夏だ。冬はどうしても売り上げが落ちる。だがしかし、である。

「それにしたって一つだに売れないのよ」

「えっ、一つも？」

「一つも。ただの一つもよ」

「……」

ようやく事の重大さが分かったのか、二人は驚きに言葉を失う。

自慢ではないが腕には自信がある。そこらの花火屋よりも物はいいはずだ。少なくとも負けてはいないはず。実際に去年の冬、あたしが売り歩いた時はそこそこ売れていた。

それが今年はぱったり。原因は一つしかない。

「ハルか？」

あたしは大きく頷《うなず》く。

「おう、花火屋。冬の花火とは乙だね。いくらだ？」

「ありがとうございます。どれでも一つ三文になります」

「へえ、いろいろあるなあ。線香にねずみ、手持ち花火もあるな。おっ、これなんか良さそうだな」

「はい、いいですよ。おソラさんの自信作です。さっき雪の上に落っことしたんで少々火の点き悪いかもしれませんが、我慢して下さいね」

「お、おいおい、火が点かねえんじゃあ、花火にならねえだろうが。じゃあ、どれなら大丈夫なんだ？」

「どれでしょうね？　さっき転んだ勢いで全部雪の上にばら撒《ま》いたんですよ。あっ、これは少ししか濡《ぬ》れてないから大丈夫じゃないですかねえ？」

「……」

「あれ、お客さん？　お客さーん、花火買うの忘れてますよ！」

以上、ハルの回想。

「売れるか!!　湿気った花火なんか、誰が買う!!　っていうか、黙って売っとけ!!」

「まあまあ、おソラちゃん落ち着いて」

どうどう、とあたしを宥《なだ》めるおシノちゃん。馬にでもなった気分だよ。

「なるほどね。理由はよ～く分かったよ」

「その場面がありありと想像出来てしまうものね」

「売れないだけじゃないのよ。雪に落とす。雨に濡らす。風に飛ばされる。大切な売り物をダメにしてどうするのよ！　挙句は物欲しそうに見ていた子供達にあげたって言うのよ、タダで」

利益を上げるどころか、これは立派な被害だ。思わず頭を抱える。苦悶《くもん》。

「人がいいから、ハルさんは。難儀ねえ」

「人がいいにも程があるだろうが。それで、ガツンと言ってやったんだろ？」

「あたし？　それが……」


「大丈夫です、明日はきっと売れますよ」

「子供が喜んでいたなら良かったじゃないですか」

「花火の十や二十すぐに作り直せます。気にしないで！」

以上、あたしの回想。

「心にもない事を」

「……」

呆《あき》れかえるタキの視線から逃れるように目を逸《そ》らす。

だって、仕方ないじゃないか。ハルは毎日、花火を売りに出掛ける。丸屋の屋号の入った半纏《はんてん》を着て、背に同じく屋号の入った幟旗《のぼり》を指し、花火を入れた箱を抱えて。雨の日も風の日も、雪が降ろうが吹雪が吹こうが、文句も言わず毎朝出掛ける。

犬猫だって一緒に住んでれば情が湧く。ましてやそんな姿を見せられては。

「なんだかんだ言って、おソラちゃんは甘いのよね、他人に」

優しい顔で厳しいことを言うおシノちゃん。二重の意味で、その言葉が胸に刺さる。自分が甘いという指摘と、ハルを他人と思ってる事に。

「とにかく、いまのうちになんとかしないと。本当に年越せなくなるわ」

「お前、ひょっとしてとんでもない貧乏神を拾っちまったんじゃねえか？」

グサッ！　頭に浮かんだのはおチョウさんの一件。

「やっぱり？　やっぱりそう思う？　あ、あたしもそうじゃないかなあって疑ってて。なんか厄介事を拾ってくるって言うか、何と言うか……」

「冗談だよ。そんな気に病むな。石っころじゃあるまいし、厄介事なんてそうそう落ちてるもんじゃねえ。杞憂《きゆう》だ。心配するな」

「そうよ。今日あたり花火がたくさん売れて、パンパンの銭袋を抱えて帰ってくるわよ」

「そうかな？」

慰めようとしてくれる二人の気遣いは有難《ありがた》い。が、何やら釈然としない。むしろ慰められる程に不吉な予感が高まっていく。

そして残念ながらその予感は的中する事となる。

その日の夕暮れ。ハルはパンパンの銭袋ではなく、しっかりと厄介事を拾って帰ってきた。


「で、そちらはどなたですか？」

「はい、こちらはおリンさんとおっしゃいます。話を聞けば、帰る家がないと言うのでお連れしました」

いつものように帰宅したハル。だが、いつもと違って一人の客人を伴っていた。しかも女。眩暈《めまい》がしてくる。

あたしはリンと呼ばれた女――ハルの背後で先程から不貞腐《ふてくさ》れた顔で突っ立っている――に目を向けた。頭の先からそれこそ爪の先まで、つぶさに観察。

十五か十六か、小柄な娘だ。猫のような細い目をしているが、綺麗な顔立ちをしている。碌《ろく》に化粧もしていないくせに透き通る程に白い肌、それから高く形の良い鼻梁《びりょう》が目を引く。まるで噂で聞く異人さんのようだ。目立つ顔立ちとは裏腹に、縞《しま》の着流しに黒い帯。さっぱりとした装いは男なら粋だと褒められよう。髪はぞんざいに結い上げ、頭の天辺《てっぺん》で束ねて、その先が天を向く。美しい容姿と、奇抜な装い。

タキに似ていると思った。姿形は似てやしないが、同じ匂いがする。タキを二回り小さくした感じ。

思わず眉を顰《ひそ》める。一目見て分かった。厄介事だ。間違いない。

「あれほど変なものは拾ってこないで下さい、と言ったじゃないですか。どうしてまた拾ってくるんですか？」

痛むこめかみを押さえつつ、ハルを問《と》い質《ただ》す。

「おいおい、何が拾ってきただ。人様を犬猫みたいに言うんじゃねえよ！」

いままで黙っていた小娘が、眉を吊《つ》り上《あ》げ突っかかってくる。

「犬は番犬、猫はねずみ除《よ》けとして、あなたより何倍も役立ちます。もし仮にあなたが犬猫とは違うと言うなら、せめて名前くらい自分で名乗りなさい」

「ちぇ、これだから年増は。分かったよ、あたいはリン。いずれ江戸中に知られる事になる名だ。顔と名前をしっかりと覚えておきな！」

もう少し反抗するかと思ったが、割合素直に従った。もちろん冒頭の暴言を除けばだが。誰が年増だ！

暴言の罪は後で贖《あがな》わせるとして、それにしても随分と自己主張の激しい挨拶だ。おまけに小柄な体格に似合わず言う事がでかい。ただの馬鹿なのか、法螺《ほら》吹きなのか、或《ある》いはその両方なのか判断に迷うところだ。

「おお、将来は有名人なんですね、凄《すご》いな。それでリンさんは、一体どうやって江戸中に名を轟《とどろ》かせるんですか？」

うちにも馬鹿が一人いる事を忘れていた。

「教えてやってもいいが、それじゃあ面白くねえ。一体、なんだと思う？　当ててみなよ、あたいの職業」

ニッと挑発的な笑みを浮かべ、鷹揚《おうよう》に踏ん反り返る。

なるほど、根拠のない自信に満《み》ち溢《あふ》れた怖いもの知らずか。このくらいの年頃にはありがちな事だ。

「ええっと、じゃあ仇討《あだう》ちとかどうですか？　親の仇をバッサリ切り捨てるとか」

「それも憧れるけど、残念ながらそうじゃねえ。なにより仇が居ねえ」

図に乗るだけだからよせばいいのにハルは相手をする。やれやれだ。

「それじゃあ女盗賊ですかねえ？　不当に金を貯《た》め込む豪商の家に押し入って、金を出し渋る主をバッサリ。それで奪った金は貧しい人達に分け与える義賊」

「おお、いいねえ。でも、違うんだなあ」

「それじゃあ、悪徳大名を待ち伏せ。出て来たところをバッサリと……」

「おい、ちょっと待て！　何でさっきから出てくる事例が刃傷《にんじょう》沙汰ばかりなんだよ！　お前、あたいがそんな事する奴に見えるのか？」

「すみません」

殊勝にも謝るハル。それが取りも直さず、リンの疑いを肯定していると気付いているのだろうか？

「まあハルさんにしては、いい線いってたと思うけど」

横から助け舟を出してやると、案の定、リンは忌々し気にこちらを睨《にら》む。そんな態度をとるから刃傷沙汰など起こすのだ。いや、まだか。

「もういい、教えてやるよ！　あたいはなあ――」

「リン、ちょっとこちらにおいで」

「なんだよ、お前ら夫婦は！　あたいをおちょくってるのか？」

　ぶつぶつ文句を言いながらも、ちゃんとこちらまで来てくれる。案外、聞き分けのいい子なのかもしれない。

　すぐ傍《そば》まで来たリンに、あたしは顔を近づけ、その匂いを嗅ぐ。それからその手をとるや、上げたり下げたり、ひっくり返して裏返して。

「な、なんだよ。あ、あたいはそんな趣味はないからな」

「何を動揺してるの。あたしもないから心配しない。あんた、絵師でしょ」

　頬を赤らめるリンの手を離してやりながら答える。

　ハッと顔を上げたリンの表情で、あたしは自分の予想が的中した事を知った。

「どうして、分かったんですか？」

　これはリンではなくハル。ハルも丸くした目を向けてくる。

　では、答え合わせ。

「一つは手、です。リンの手は爪の間や指の股にまで顔料の色が染み込んでいました。それから匂い。服から微《かす》かに膠《にかわ》の匂いがしました。絵具《えのぐ》に膠は必須ですよね」

　種明かしをすれば簡単な事。リンは素早く両手を見、服の匂いを嗅いだ。それから悔しそうに顔を歪《ゆが》める。

「凄いです、おソラさん」

「大した事ありませんよ。ちょっと注意すれば、誰でも気が付くことです」

何でもない事のように答える。出来る女はこの程度で調子に乗ったりしない。

「けっ、得意満面て顔しやがって。気に入らねえな。ああ、そうだよ。あたいはいずれ絵師として、江戸中にその名を轟かせるんだ。いまは安藤狂斎《あんどうきょうさい》の下で修業中さ」

「安藤狂斎!?」

リンが出した名前に、あたしは不覚にも声を上げてしまった。それを見るや、今度はリンが勝ち誇った顔をする。

「ああ、そうさ。お前さん方も名前くらい聞いた事があるだろ?」

胸を張る、いやいっそ反り返る程に踏ん反り返る小娘。虎の威を借りるとは、まさにこの事。それ程安藤狂斎は有名な絵師だ、いろんな意味で。

「名前どころか、いろいろと噂《うわさ》は聞いているわ。恐らく安藤狂斎の名をこの江戸で知らない者は——」

「安藤さんって、誰ですか?」

邪気のない声に、振り向けば我が旦那。

「まっ、たまには居るかな」

「た、たまにな」

微妙な空気が室内に流れる。物を知らないハルに呆れつつ、何気にリンの高く伸びた鼻をへし折った事は内心で褒めておく。

「安藤狂斎は江戸を代表する絵師です。昔は浮世絵で有名でしたが、最近は一点物の肉筆画しか描かないとか。優れた描写力と大胆な構成が特徴で、美人画や武者絵、風景画なんかに傑作があります。ですが安藤狂斎を安藤狂斎たらしめているのは、その製作に纏《まつ》わる逸話」

「はあ、逸話？」

ピンと来ていないだろうハルが小首を傾《かし》げる。

とにかく真に迫った描写に定評がある狂斎作品。それは本人の強い拘《こだわ》りがあってこそ成せる事だが、強過ぎる拘りは時に暴走する。そんな逸話を幾つか。

宮中画や武者絵を描くため、それに見合う建物から衣装までを用意させ、その姿格好で弟子に何か月も生活させたなんてのは序の口。命じた姿勢を一刻と維持出来ない――出来るか！――弟子に怒り狂い、粘土で生き埋めにして型を作ろうとしたなんて話もある。哀れは弟子ばかり也《なり》。

ある時には地獄の業火を描くため、真冬に自ら家に火を放つ。家を失《な》くし、寒さに震える家族をよそに、路上で一人喜々として立ち昇る紅蓮《ぐれん》の炎《ほのお》を描き続けていたとか。

極めつけは胎児の生き胆《ぎも》を狙う山姥《やまんば》の話を題にとった時の事。運悪く臨月を迎えていた実の娘は、半裸にされ、天井から吊るし上げられる。泣き叫び助けを求める娘の声など、どこ吹く風。もっとよい表情は出来んのか、と怒鳴り散らしながら一心に絵を描いた。その後、無事に赤子が生まれた事だけが救いだが、狂斎はその孫を一顧だにしなかったらしい。

『地獄図』も『山姥図』も、狂斎の傑作として名高い。まさに絵に狂っている。

「絵師としての評価を極めたのとは対照的に、その悪逆非道な仕打ちで人間としての狂斎の評価は地に落ちました。当然ですが家族にも弟子にも見放され、いまは裏長屋を転々としながら一人絵を描いているとか。変人、奇人と呼ばれる人が多い江戸の町でも、その異彩は群を抜いています」

もっとも狂斎作品の方はいまだに人気が高く、市場に出てくればかなりの高額で取引されているらしい。

「なんか凄いというか、凄《すさ》まじい人ですね。よくそんな人に弟子入りしましたね」

話を聞き終えたハルは、半ば驚き、半ば呆《あき》れ気味の視線をリンに向ける。

「師匠のことを悪く言うと、あたいが許さないからね。あたいはねえ、師匠の事を心から尊敬しているんだ。世間から何と言われようが、絵の為《ため》にすべてを犠牲に出来るその覚悟に憧れてるんだ」

「あんたも大概の変人ね。いつ弟子入りしたのよ」

「十で師匠に弟子入りしてから五年は経《た》つかな」

という事はリンはいま十五という事になる。やっぱり小娘だ。

「それで、なんで帰る家がないのよ。尊敬する師匠の所に帰ればいいんじゃないの？」

軽い気持ちで言ったのだが、いきなりリンは俯《うつむ》き、その肩を震わせた。

「リ、リンさん!?」

驚いたハルが駆け寄る。が、それより早く若き絵師見習いは拳を握って立ち上がった。

「あのくそ爺《じじい》!!　絶対にぶっ飛ばしてやるからな!!」

「悪口は許さないんじゃなかったの？」

やれやれ、である。

「狂斎翁の所を飛び出してきた？」

聞き返すとリンはそっぽを向いたまま、おう、と答えた。

「いや、一体どういう事よ。ちゃんと説明しなさい」

「だから、そのまんまの意味だよ。あの爺様《じいさま》、とんでもなく頑固で分からず屋なんだ。あたいが何度頼んでも認めてくれねえ。だから喧嘩《けんか》になって、その勢いで飛び出してきた」

あたしはハルと顔を見合わせる。

「認めてくれなかったって、何を？」

「あたいの実力を、さ」

自信満々にリンは答えた。

リンが言うところはこうだ。頑固で分からず屋の狂斎翁はいつまでたっても、リン一人に仕事を任せようとしない。いつも自分の仕事を手伝わせるばかり。不満を募らせたリンは、師である老人に直談判《じかだんぱん》する。だが――、

「絵の事を碌《ろく》に分かっていない小娘に、大切な仕事を任せられるか！」

と、けんもほろろ。リンの性格上、当然、黙って引き下がるはずもない。

「だったら、あんたが唸《うな》るような絵を描いてきてやる！　って具合に啖呵《たんか》切って、飛び出してきたわけよ」

どこまでも得意気に宣《のたま》う少女に、思わずため息が漏れた。

何の事はない、ちゃんと話を聞いてみれば、単純な上によくある話だった。根拠のない自信に満ち溢れた弟子が、大見得切って師匠に盾突く事はどの分野でもよくある。特に職人と呼ばれる業種では。

「それは本当にあんたの実力がないからよ。あんたまだ十五でしょ？　今すぐ戻って頭下げてきなさい」

「母親みてえに下らねえ事言うなよ。あの爺さんは恐れてるんだよ。あたいが爺さんを追い越していく事を。だから、わざと仕事を回さないんだ。そうに決まってる！　第一、実力には年齢も性別も関係ない！」

「まあ、確かにねえ」

ごく稀《まれ》だが、人が苦労して上っていく成長の階を一足飛び、或《ある》いは一息で駆け上がってしまう者がいる。そうでないにしても修業の長さや年齢、ましてや性別が実力を左右しない事は往々にしてある。

「で、狂斎さんを唸らせるためにどんな絵を描くんですか？」

横からハルが口を挟む。こちらはこちらで興味津々といったところか。勘弁してくれ。

「まだ決めてねえ。絵を描くにも、まずは塒《ねぐら》を探さねえと」

「塒ったって、長屋借りるにも保証人が要るのよ？　なによりそんなお金あるの？」

どうでもいい事なのだが、つい気になってしまった。

するとリンと目が合う。嫌な予感。

「断る！」

「いや姐《ねえ》さん、まだ何にも言ってねえぜ？」

「誰が姐さんだ。どうせ碌な事じゃないでしょ」

「そう言わないで、頼む！　姐さん、あたいを暫《しばら》くここに住まわせてくれ！　なあ、兄さんからも頼んでくれよ」

「可哀《かわい》そうですし、ねえ、おソラさん」

「駄目です」

一刀のもとに切り捨てる。拝まれようが、情に訴えかけられようが、そんな事で動かされるような甘いあたしではない。そんな事では、この生き馬の目を抜くような世の中を生きてはいけない。駄目なものは駄目。

「うちはいま年を越せるかも分からない状況なの。そんな時にただ飯喰《ぐ》らいの文無しを住まわせてやれるわけないでしょ！」

「ええっ、でもそれじゃあ――」

「住まわせてはやれません！　精々、今夜泊めてやるくらいです」

つくづく、自分の甘さが嫌になる。

「はあ～」

先程からため息が止まらない。

「大丈夫ですか、おソラさん？」

「……」

心配そうに覗《のぞ》き込んでくるハルの顔を、横目に睨《にら》む。そもそもの原因はこいつなのだ。この旦那があんな厄介事を拾ってこなければ、こんな面倒に巻き込まれる事もなかったのだ。

そう思うと、踏みしめる雪の鳴き声さえ耳ざわりだ。

「くそう、姐さんの裏切り者！　昨日は泊めてくれたのに」

背後からリンの恨みがましい声が聞こえてくる。逃げないように、文字通り首に縄をかけて連れてきた。

「うるさいわよ。最初から一晩だって言ったでしょ。甘えるな！」

あたし達がいまどこへ向かっているかと言うと、安藤狂斎の住まい。うちに転がり込んできた厄介者を引き取るよう交渉しにいくのだ。

「なんだかんだ言って、おリンさんと狂斎さんを仲直りさせようとするんだから、おソラさんは優しいですね」

「……」

ちゃんと目的は説明したのだ。それなのに何度言っても、ハルはあたしをいい人にしたがる。まったくいい迷惑だ。

「そんなんじゃありません。昔、言われたんです。人の縁はどう結びつくか分からない。だから大切にしろと」

「へえ～、誰にです？」

「古い知り合いです」

現在の狂斎翁の住まいは江戸の郊外。農家の一軒家を借りて、そこで絵の製作に没頭しているのだとか。ごねるリンを宥《なだ》め賺《すか》して聞き出した。

「さあ、着きましたよ」

農家の一軒家と聞いていたが、目の前の建物は廃屋だ。屋根は腐り、庭は雑草で覆われている。見渡す限りに他の家はなく、うらぶれた土地にポツンと一軒佇《たたず》んでいた。

「噂《うわさ》では一人で裏長屋を転々としているって聞いたけど、こんな所に居を構えていたのね。リンの事といい、噂は噂。当てにならないものね。それにしても、ここは……」

「まるで化け物屋敷《やしき》ですね」

ハルの零《こぼ》した感想に、あたしは深く頷《うなず》く。言い得て妙だ。こんな所に稀代《きたい》の天才絵師が住んでいるとは、誰も想像しないだろう。

さて、問題はその天才絵師が屈指の奇人、変人、偏屈者であるという事。

「相手は安藤狂斎です。まともに話が通じるかさえ分かりません。とにかく機嫌を損ねないのが肝要。話はあたしがします。ハルさんは黙って横に座っていて下さい。いいですね？」

「分かりましたけど、だったら、おらは来なくても良かったのでは？」

「奇人、変人ですからね。どんな行動に出るか分かりません。いきなり襲ってくることだって考えられます。もしそうなった時は、あたしが逃げるまで頑張って下さい」

「なるほど、生贄《いけにえ》ですね」

物分かりの良《い》い旦那で助かる。

「すいません。狂斎先生、ご在宅ですか？」

所々朽ちている引き戸越しに呼びかける。すると中からがさごそと何かが蠢《うごめ》く音。確かに誰かいる。だが、なかなか狂斎翁は姿を見せない。風が鳴る。

周りに生い茂る木々のざわめきが、化け物屋敷の雰囲気と不気味さを殊更に煽《あお》る。奇妙な程に、時間が長い。

不意に子供の頃から雷と虫、それから幽霊が苦手だったことを思い出す。

湿り気を帯びた右手で、そっと横に立つハルの袖を引く。

ハルが不思議そうに首を傾《かし》げた時、がらりと戸が開いた。

「おソラさん？」

「ひっ！」

のどまで迫《せ》り上がってきた悲鳴は、何とか飲み込んだ。

出てきたのは枯れ木のように痩せこけた、みすぼらしい老人。雪のように真っ白な髪は伸び放題、口の周りにはまばらな不精髭《ぶしょうひげ》。頬は削《そ》げ落ち、頭蓋骨に直接皮を張り付けただけのような顔の中で、大きな目がギョロギョロと別の生き物のように動いている。はだけた着物――底冷えする中で薄い着流し姿――の間からは痩せた胸が覗き、浮き出た肋骨《ろっこつ》は一本二本と数えられてしまう。まるで落語に出てくる死神だ。唯一、大きく高い鼻だけが、かつて人間だった頃を偲《しの》ばせる。

「いや、いまも人間ですって」

「うるさいですよ」

人様の心の声にまで口を挟むんじゃない！

「誰じゃ？　何ぞ用か？」

狂斎翁は確か八十に手が届いているはず。その年齢と容姿からしわがれた声を想像していたが、思いのほか張りのある声が返ってきた。

「初めまして安藤狂斎先生ですね？　あたしは丸屋ソラ。こちらは旦那のハルと申します。ご高名な狂斎先生にお会い出来て――」

「金ならないぞ！」

断言するや、ひゃっひゃっと耳ざわりな声で笑う老絵師。大きく広げられた口の中には、まばらにしか歯がない。

「ええ、存じ上げております。こんな化け物屋敷に金があるわけないですもの」

「ふん、推測で物を言いおって！」

いきなり目の前で戸が閉められる。が、ピシャリと音が鳴るより先につま先を隙間にねじ込む。

「いえいえ、実体験です」

「なんじゃ、ぬし！」

それでも強引に閉めようとする狂斎翁と、隙間を少しでも広げるため体を押し込もうとする笑顔のあたし。ギシギシ、ガタガタと戸を鳴らしながらの攻防戦。

「先生、ご安心下さい。掛け取り（つけの取り立て）じゃありません。あたし達は先生に引き取ってもらいたい者があるんです」

「引き取る？」

ようやく少しだけ警戒が緩み、不毛な攻防戦が突然終わりを迎える。が、中へ招き入れようとはしない。

「なんじゃ、引き取る物とは？　タダで貰えるなら貰っておこう。ほれ、早う寄こせ」

ほれほれ、と枯れ枝のような腕が差し出される。

この強欲爺《じじい》め！　とは、心の中だけの叫び。表面はあくまで笑顔、笑顔。

「実はここのお弟子さんを届けに上がりました」

ほら、と声を掛け、先達てからハルの背中に隠れているリンを突き出す。

「……」

「はん、誰かと思えば先頃逃げ出した小娘ではないか。何ぞ用か？」

鋭すぎる師匠の視線を受け、無言のまま佇むその弟子。

リンの性格から、このまま無事に済むとは思えない。一触即発。走る緊張。

変人とはいえ、狂斎翁は八十過ぎの老人。リンが思い余って殴りでもしたら、大怪我《けが》では済まない。リンの首にかけた縄を握る手に、自然と力が入る。

リンがふらっと一歩前に出る。

「し、師匠、いま帰りました……」

「声、ちっちゃ！」

蚊の鳴くような声に、思わず叫んでしまった。

見ればリンの顔は真っ青。おまけに足まで震わせて。これまでの威勢はどこへやら、まるで蛇に睨まれた蛙《かえる》。おいおい。

「帰りました？　何を言うとるか！　自分の絵を完成させるまで帰らん、そう言って飛び出したんじゃろうが！　自分で言った事くらい守れ！　わしを納得させる絵を持ってくるまで、この家の敷居《しきい》は跨《また》がせん！」

老人とは思えぬ怒鳴り声にも驚いたが、横を見てもっと驚いた。

「あっ、えっ、あの、おリンさん？」

先に気付いたのはハル。何を慌てているんだと視線の先を追ってみれば、リンの奴がぐずっ、ぐずっと鼻を鳴らしながら細い目から涙を零している。

「ちょ、ちょっと、あんた――」

掛ける言葉は盛大な舌打ちによって阻まれる。

「ええい、忌々しい！　ぐずぐず、ぐずぐず泣きよってからに！　これだから女は始末に困る！　出来もせん事ばかり言っておらず、大人しく嫁にでも何でも行ってしまえ！」

再び怒鳴りつけるや、狂斎翁は乱暴にリンの腕を掴《つか》む。そのまま家の中に引き入れようとする。

「待ちな！」

リンはされるがままだし、ハルは女の涙に狼狽《うろた》えて役に立たない。

結局、あたしがやるしかない。何より狂斎翁の物言いに腹が立っていた。

空いているリンの腕を取るや、力任せに引き戻す。思わぬ抵抗の力に、リンも狂斎翁も揃《そろ》って驚く。

「な、なんじゃい！　ぬし、何をする！」

口から泡を飛ばし、老絵師が吼《ほ》える。少女の体を挟んで対峙《たいじ》する形になった。

さあ、もう後には引けない。

「絵が出来るまで敷居を跨がせないんでしょ？　自分で言い出した事くらい守りなさいよ！　こっちとら、許して下さいって言いに来たんじゃねえや、忠告に来たんだ！　女だからって侮るなよ！　いまにこの子があんたを越える絵を描いてくるから、腰抜かさないよう気を付けな、爺様《じいさま》」

言ってやった。そして言ってしまったぞ。

しばらく顔を真っ赤にした狂斎翁と睨み合っていたが、不意に相手がリンの腕を離す。

ふん、と盛大に鼻を鳴らすや部屋の中へ引き上げていく。

今度こそ引き戸は、ぴしゃり、と音をたてて閉じられた。

「リン、あんたねえ！」

家に戻るなり、まるで役に立たなかった口先だけの小娘に喰《く》って掛かる。

「いや〜、すまねえ。何しろガキの頃からの師匠だろ？　決して逆らっちゃいけねえ存在として、意識の中にまで刷り込まれているんだよ」

真っ赤に腫らした目元を擦りながら何度も頭を下げる。

「だからって、泣き出す奴がありますか。びっくりしたぞ、いろんな意味で」

「面目ない。それにしても姐《ねえ》さんは度胸がある。あの師匠に面と向かって喧嘩《けんか》を売るんだから。痺《しび》れたぜ、姐さん！」

「だから誰が姐さんだ！　そして誰のせいだ！」

尚《なお》も詰め寄ろうとするあたしをハルが宥める。

「落ち着いて下さい、おソラさん。何はともあれ、良かったじゃないですか。あとはおリンさんが絵を描くだけ。それが狂斎さんに認められれば万事解決するんですから」

そうだった。

「リン、こうなった以上もう後には引けないからね。何が何でもあの頑固老人を唸《うな》らせる絵を描きなさい！　いいわね？」

「いいわね、って言われてもなあ」

「あんた、まさか腕云々《うんぬん》の話も嘘《うそ》じゃないでしょうね？」

それも嘘だったらどうしてくれよう、と詰め寄るとリンは青い顔して首を横に振る。

「嘘じゃない、嘘じゃない。腕に自信はあるし、師匠の作品を手伝っているのも本当だよ。でも、あの通りの師匠だろ？　いままで褒められた事すらなくて……」

言い訳がましい、と思いつつもあたしは一度気持ちを静める。冷静に、冷静に。

「あのねリン、いきなり師匠を越える絵を描けなんて言っているわけじゃないの。ただ、いまのあなたが出せる精一杯の力で絵を描きなさい。それでもし認めてもらえなかったら、その時はあたしが土下座して謝ってあげる。だから絶対描き上げなさい。何か月、何年かかってもいいから」

「う、うん、分かったよ。でも姐さんがなんでそこまでしてくれるの？」

「あたしだって、やりたくはないわよ！　でも仕方ないでしょ！　あんたも聞いたでしょ、あの爺さんの物言いを。あんな事を目の前で言われて、おめおめ引き下がってみなさい。日々、世間の逆風に晒《さら》されながら、それでも頑張っている姐さん方に顔向け出来ん！」

仮にも女職人の端くれ。あたしにだって意地がある。

「わ、分かったよ、姐さん。あたいだって、もう一人前の女職人だと思っているんだ」

「そうよ！　安藤狂斎が何程の者。いい、あんたが本気で江戸中に名を轟《とどろ》かせる絵師になりたいなら、この程度の壁越えてみせなさい！」

「うん」

力強く頷《うなず》くリンの顔は、いままでより少しだけ大人びて見えた。


「くそ、ダメだ！」

血を吐くような叫び声に続いて、びりびりと何かが引き裂かれる音が響く。

時刻は丑三《うしみ》つ時《どき》を回った。一日で一番静かな時間帯。灯《あか》りを落とした部屋は真っ暗な闇に包まれている。それでも闇に慣れた目には、薄《うっす》らと天井が映り込む。

「おリンさん、まだやっているみたいですね」

不意に、すぐ隣から生まれた声に驚く。

「まだ起きていたんですか？」

「何だか気になってしまって。おソラさんもですか？」

「あたしは、単にうるさくて眠れないだけです。ここの長屋の壁は特に薄いから。自分で焚《た》きつけておいてなんですけど、まったく迷惑極まりないですね」

『わけあり長屋』の空部屋を借り、リンが絵を描き始めたのは五日前。空部屋が埋まって大家は大喜びだが、店賃《たなちん》はあたしが立て替える事になっている。女の意地を通す為《ため》とはいえ、痛い出費だ。早くも後悔。

リンは一心不乱に絵を描いている。恐らく碌《ろく》に寝てなければ、碌に食べてもいないはずだ。壁越しに絶え間なく聞こえてくる物音が、予告もなく途切れる度に不安に駆られる。

「リンさん、凄《すご》いですね。あんなに一生懸命になれるなんて」

部屋に静寂が戻ってくると、ハルがぽつりと零《こぼ》した。

「何かを生み出すという事は、それがなんであるにせよ大変な事です。あたしは絵の事が分からないから、あの子に才能があるのかは分かりません。でも、あの想《おも》いは本物だと思います」

絵に対する想い。師である狂斎翁に対する想い。いろんな想いが、あの小さな体に詰まっているはずだ。

「狂斎さんは、どうしておリンさんの事を認めてあげないんでしょう？　本当に弟子が自分を追い越していくのが嫌なんですかねえ？」

「さあ、どうでしょう。師と呼ばれてはいても人間ですからね。弟子が自分を越え、巣立っていくのを喜ぶ師もいれば、妬んだり疎ましく思う師もいるでしょう」

「おソラさんが師匠だったら、どっちですか？」

しばしの沈黙。聞こえなかった振りをしようか悩んだが、結局言葉は自然に出てきた。

「分かりません。まだ弟子を巣立たせた事がありませんから。喜ぶのか、妬むのか。その時にならないと。ただ」

「ただ?」

「寂しい、とは思うでしょうね」

「難しいですね、師弟関係て」

「いずれにせよ、いつかは師のもとを巣立たなければなりません。弟子とはそういうものだと思います」

あたしだって、と言いかけて止めた。

「あたしは江戸を離れません。江戸に残って、丸屋を続けます」

失火の罪で江戸を離れる事になった親父殿《おやじ》にそう告げた。あの時があたしの巣立ちだった。

当然親父殿につき従うと思っていた母上は卒倒するし、兄には大いに呆《あき》れられた。周囲は火が点《つ》いたように大騒ぎ。小娘一人で何が出来ると、散々に言われた。

親父殿は、何も言わなかった。ただ、静かにあたしを見ていた。

あの時、親父殿の胸中には一体どんな想いが浮かんでいたのだろう?

幸い、あたしの行動に理解を示してくれる者がいた。その人の助けもあり、あたしと丸屋は江戸に残る事が出来た。もちろん現実は甘くなどない。客も奉公人も、あっという間に離れていき、あたしはこの長屋へと流れつく事になる。

「そう言えば、おソラさんはどうして花火職人になろうと思ったんですか？」

「えっ？」

「だって、花火屋を継ぐにしても、自分が職人になる必要はないじゃないですか。何か切っ掛けがあったのかなって」

「……切っ掛け」

考えた事もなかった。花火職人にならないあたしなど。むしろ成長するにつれ、周囲から反対される事の方が不思議だった。

最初に教え出したのは親父殿だ。あたしもどんな習い事より花火にのめり込んでいき、気付いた時には花火職人になるのが当たり前だと思っていた。

「手。手が似ていたんです」

「手、ですか？」

花火を作っている時の、親父殿の手が好きだった。炭に汚れ真っ黒で、岩のようにごつごつしていて、それなのに器用に動く。線香花火を縒《よ》る時など、あのごつい手が、なぜあんなに繊細に動けるのか不思議だった。

そしてある日、自分の手が親父殿のそれと似ている事に気付く。分厚くも、ごつごつもしていないけど似ていた。

あの時、あたしは花火職人になろうと決めた。

会話はそこで途切れ、静寂と暗闇が再び室内を包む。あたしは知らぬ間に眠りに落ちていた。


「花火の丸屋さんというのは、こちらでしょうか？」

翌日、身なりのいい商人風の男が訪ねて来た。ハルはいつものように振り売りへ出掛けており、家にはあたし一人。

「はい、丸屋はここですが。どちら様ですか？」

「私は魚角屋《うおかくや》の番頭で忠吉《ちゅうきち》と申します。魚角屋が版元をしていた関係で、狂斎先生とは親しくさせて頂いております。実はその狂斎先生から丸屋のご内儀を連れてくるよう仰せつかりまして。一緒に来て頂けないでしょうか？」

「えっ、いまからですか？」

忠吉と名乗った番頭は品のいい、だが有無を言わさぬ笑顔で頷いた。

そして一刻の後、あたしは偏屈絵師が住むあの一軒家の前。

「あの、一体どんなご用件なんでしょうか？」

「さあ、私はただご内儀をお連れするよう仰せつかっただけですから。ご用向きは先生に直接お伺い下さい。それでは私は店の仕事がありますので、これで」

止める間もなく、忠吉さんはそそくさと去っていく。面倒事はごめんだ、とその背中に書いてある。

こうして化け物屋敷《やしき》に一人取り残されるあたし。入り口の前までは来たものの、声を上げる事が躊躇《ためら》われる。何しろ今日は襲われても生贄《いけにえ》、もとい助けてくれる者がいない。

自然とハルの顔が頭に浮かぶ。同時に初めてハルがいない事が心細く思われた。

「何を弱気になっている丸屋ソラ！　相手は八十過ぎの老人、取っ組み合いになっても負けるものか！」

えい、儘《まま》よと戸に手を掛ける。

その瞬間、ガシャン！　と何かが倒れる激しい物音が耳に突き刺さる。中からだ。続けざまに何かが割れる音。しかも数えられない程に多い。

最悪の想像が脳裏を走る。つまり八十過ぎの老人が急に倒れ込む姿。

「狂斎先生！」

戸を引き開けるや、中に飛び込む。室内は雑然としていた。物が圧倒的に多い。筆、刷毛《はけ》、薬研《やげん》、乳鉢、教本……。それだけに留まらず、描き散らかした紙や紙屑《かみくず》やらが、其処《そこ》彼処《かしこ》に散乱していた。

その中央、部屋の真ん中に小柄な老人が蹲《うずくま》っていた。

「先生！　大丈夫で――」

駆け寄ろうとして、足が止まる。掛けようとした言葉が、行き場を失って宙を漂う。

静まりを取り戻した室内に、嗚咽《おえつ》が響く。

ぐしゃぐしゃに破り捨てられた元は絵だった物を胸に掻《か》き抱《いだ》いて、天才と呼ばれる絵師は涙を流していた。

初めは大切な作品を何者かに破られたのかと思ったが、そうではなかった。

「情けねえ、情けねえ。この年になっても、儂《わし》はまともな絵一つ描けやしねえ。本当に情けねえよ」

震える小さな背中に、あたしは狂気を見た。同時に激しい衝撃が体を駆け抜ける。

「先生」

ハッと顔を上げる狂斎翁。意識的に視線を逸《そ》らす。

「おお、丸屋の女将《おかみ》か。呼び出してすまなかったな」

「いえ、こちらこそ勝手に部屋に上がってしまってすみませんでした」

破り捨てられた紙、折られた筆、割れた皿、飛び散った絵具《えのぐ》。部屋を見渡せば、苦悩の跡が方々に残っていた。

「俺ももうこんな年だ。いつあの世に旅立ってもおかしくない。だから生涯最後に相応《ふさわ》しい絵を、と描き始めたはいいが、自分の未熟さに呆れるばかりだ」

気まずげに老人は話す。まるでいたずらの言い訳をする子供のようだ。

「竜を、描いておいでで？」

探るまでもなく、その痕跡は至る所で見る事が出来た。

「ああ、黒雲を突き破り、雷光と共に天に昇る竜を題にとった。だが、これがなかなか。安藤派は実物主義だ。実際に天に昇る竜でも拝めればと思うが、流石《さすが》に無理な話じゃからな」

鼻を啜《すす》り、真っ白な髪を掻き回しながら、ひゃっひゃっと笑う。

「そうですか。ところでお呼びになったご用向きというのは？」

「おお、そうだったな。この間の事だが」

「この間？」

咄嗟《とっさ》に思いつかない。衝撃から立ち直り切れていないのか、頭の動きが鈍い。

その間に老人は新しい紙を広げ、筆を執る。

「リンを連れて来てくれた時だ。あの時は済まなかったなあ。別に女職人を馬鹿にするつもりなど毛頭ないよ。むしろ女の方が粘り強いし、よく働きもする。その上、強《したた》かで賢い。最近の男は情けなくていけねえや」

どうやらこの間の事を謝っているらしい。あの天上天下唯我独尊を地で行く安藤狂斎が、だ。驚愕《きょうがく》。先程から驚くことばかり。こりゃあ、明日は大雪だ。

「いえ、こちらこそ失礼しました。あたしもついカッとなってしまって」

かっかっかっ、と大口を開けて狂斎翁は豪快に笑った。

「女はあれくらい度胸があった方がいい。結構結構。リンに、あの小心者に見習わせたいくらいじゃて」

どうやら怒ってはいないらしい。ほっとすると同時に、首を竦《すく》める。

「ご用件はそれだけですか？　だったらあたしはこれで――」

「リンは、どうしている」

顔をギリギリまで紙に近づけ、筆を動かす狂斎翁。

「部屋に籠って一心に絵を描いています。あたしが焚《た》きつけましたから」

「籠って何日になる？」

「今日で六日目のはずです」

「イケねえなあ。どうせ飲まず食わずでやってやがるな、あの野郎。昔から絵に入ると、他の事がまるで見えなくなりやがる。女将、悪いが帰ったら何か食う物を差し入れてやってくれ。嫌がったら、強引にでも口の中に押し込んでくれりゃあいい。それで、どんな絵を描いてる？」

「さあ、見てはいませんので。ただ苦労はしているようです」

だろうな、と絵に顔を向けたまま呟《つぶや》く老人の筆は、先程から完全に止まっている。暫《しばら》くその姿勢で何かを考えている様子だったが、また口だけを動かす。

「女将、悪いがあいつに自分の身の丈に合った絵を描くよう、言ってみてはくれねえか」

「身の丈ですか」

「ああ、あいつには確かに才能がある。だが、いつまでも俺の後を追おうとしやがる。それじゃあ、あいつの才能は生きねえ。俺の絵の猿真似じゃなく、自分の、自分だけの絵を見つけろ。そう言ってやってくれ。それからなあ、女将よ、悪いが――」

「いや、本当に悪いです。だから、これ以上はお断り致します」

「なに？」

初めて狂斎翁が絵から顔を上げた。そうしてギョロリとよく光るその大きな目でこちらを睨《にら》む。

最初に会った時は肝が縮み上がる程に恐ろしかったが、いまは何とも思わない。

だって目の間にいるのは変人でも、奇人でもない。只々《ただただ》、弟子の事を案ずる不器用な老人に過ぎないのだから。

「あとの事は自分の口でお伝えになったら如何《いかが》ですか？　師弟なんですから」

真っすぐ見つめ返す。先に目を逸らしたのは翁《おきな》の方。ぷいっと横を向くと、腕を組み何やらぶつぶつと呟き出す。かと思ったら、しきりに高い鼻を擦ったり、意味なく筆を取ったり戻したり。

ため息を一つ吐く。

「自分で仰《おっしゃ》るのは、恥ずかしいんですね？」

呟きがぴたりと止まる。どうやら図星らしい。

なんだか呆《あき》れてしまった。どうして幾つになっても男というのは、こんなにも面倒臭いのか。そして幾つになっても、こんなに可愛《かわい》いものなのか。本当、笑ってしまう。

「分かりました。言われた事はお伝えします。それでいいですね？」

立ち上がりながら、チラリと狂斎翁の方を見る。相変わらず明後日《あさって》の方向を見たまま。

そのまま部屋を出て行こうとした時、

「すまねえ」

微《かす》かに耳に届いた言葉に振り返る。老絵師はもう絵に向かって筆を走らせていた。憎らしいやら、愛らしいやらで、あたしは一つ仕返ししてやる事にした。

「ああ、それからもう一つ。明日の夜、そうですねえ戌《いぬ》の刻（午後八時頃）あたりに外へ出てみて下さい。竜が天に昇る様が見られますよ」

「まずはリンを部屋から引きずり出して、何か食べさせないと。力づくでいくわよ！」

腕まくりしながら長屋の木戸門を潜《くぐ》る。

「どうしたの二人とも？」

何の事はない、リンがハルと並んで部屋の前に佇《たたず》んでいる。拍子抜けも甚だしい。

「あっ姐《ねえ》さん、聞いてくれよ！　あたいが部屋で絵を描いてたら、妙に焦げ臭いにおいがしてくるじゃないか。すわ、火事だって飛び出したんだ」

「えっ、火事？」

ドキリと胸が鳴る。確かに焦げた臭いが漂う。だが、長屋のどこにも焼けたような跡はない。不思議に首を捻《ひね》る。

「いや、それが……」

リンが申し訳なさそうに、視線を足元に落とす。そこに在ったのは七輪と、その上に載っかった真っ黒い物体。

「おらが鰯《いわし》を焼いていたんですが、少々火が強かったみたいで」

なぜかずぶ濡《ぬ》れのハルが、申し訳なさそうに頭を掻く。

夏から秋が旬の真鰯だが、冬に脂がのる。大きめの鰯を焦げる程に焼けば、さぞかし煙も出た事だろう。

「なるほど。事情は分かりましたが、なんでハルさんはずぶ濡れなんです？　慌てたリンに頭から水でもかけられましたか？」

「はい」

呑気《のんき》と粗忽者《そこつもの》が揃《そろ》うと、面倒事が増えるらしい。新たな発見に頭痛と眩暈《めまい》がしてきた。

「とにかく早く着替えないと……」

ふっと横を向けば、リンの顔が目に入る。まともに顔を見るのは六日ぶりだが、思わずギョッとした。

見違える程やつれている。血色の良かった頬はこけ、細かったはずの目は見開き、その下には黒々とした隈《くま》が出来ている。

「引きずり出すまでもなく、燻《いぶ》り出されたか」

狙ってやったの？　とハルを見れば、呑気に寒さに震えていた。まさか、ね。

とにかく戻ろうとするリンの首根っこを捕まえ、無理矢理部屋へ上げた。


「げっぷ、もう食えねえ」

「ただ飯喰《く》わせてやったんだから、感謝しなさい！」

仰向けに寝転がりながら、腹を擦るリン。とても年頃の娘が晒《さら》す姿ではないが、今日だけは勘弁してやる。

毛繕いする猫のようなリンを見ながら、湯呑《ゆのみ》片手に一息つく。

カラリと入り口の戸が開き、厠《かわや》へ行っていたハルが戻ってきた。開いた戸の向こうに闇が見える。この時期の日の入りは早い。外はすっかり夜の帳《とばり》が下りていた。

「いい夜ですよ。どうです、少しやりませんか？」

部屋に入るなりハルが、そんな事を言い出す。

顔を合わせるあたしとリン。

「『何を？』」

少しやりませんか？　なんて言うから酒かと思ったが、そこはハル。何の事はない、花火だった。

「はい、どうぞ。おらが作った花火ですよ」

ハルが嬉《うれ》しそうに手持ち花火を配っていく。

「ほとんど売り物にならない不良品ですけどね」

火薬がはみ出したり、少な過ぎたり、途中で葦《よし》が折れたりした失敗作。

「在庫処分、いや不良品処理かよ」

「文句言わない。鑑賞する分には何の問題もないから安心しなさい」

外に出てみると、空には月も星もある。手元が暗くなり過ぎず、庭花火をするにはお誂《あつら》え向《む》きだ。ハルの言う通り、確かにいい夜だ。

「花火なんて、ガキの頃以来だぜ」

渡された花火をしげしげと眺めるリン。その頭を軽く叩《たた》く。

「今もまだガキでしょ。でも、やった事あるんだ花火」

「ひでえ事言うなあ、姐さん。もっとずっと子供の頃の話だよ。微かだけど記憶があるんだ。どこかの庭で、あの時は誰が居たんだろう?」

しばらく遠い記憶の残滓《ざんし》を探していたようだが、やがて首を小さく横に振った。

火を灯《とも》した蠟燭《ろうそく》を立て、車座に囲む。順に手にした花火の先端を火に翳《かざ》していく。

わあっ、とリンが声を上げる。

しばらく葦の表面を焦がしていた火が、中の火薬に着火。勢いよく火の粉が噴き出す。淡い橙色《だいだいいろ》の火の粉がサラサラと零《こぼ》れ落《お》ちていく。光の流砂。

一本火が点《つ》く度にきゃっ、きゃっと声が上がる。だが、それもすぐに止《や》んだ。

それぞれが自分の手にした花火の先をじっと見つめる。夜空に大きな花を咲かせる打ち上げ花火ももちろん好きだが、あたしはこの小さな庭花火も好きだ。静かに流れていく時間がたまらなく愛おしい。

やがてすべての流砂は流れ落ちる。

ふう〜と一斉に詰めていた息を吐き出す。それから三人で顔を見合わせ笑った。花火を終えた後には、それまでにはなかった奇妙な連帯感を感じるから不思議だ。時間にしたらどれ程の事もないのに。花火の魔法、炎の魔力。

「あたい、この花火の灯《あか》りが好き。柔らかくて、どこか暖かいから」

ぽつりと零すリン。

その瞬間、ある考えが頭に浮かんだ。

「ねえ、リン。あんた、花火の絵を描いてみない？　打ち上げ花火じゃなくて庭花火」

「なんだよ、唐突に。嫌だよ、庭花火なんて。地味過ぎて、見栄えがしねえじゃんか」

「見栄えばかりが大切じゃないでしょ？　あんた見てるとさあ、外身ばかりを気にし過ぎてる気がするのよね。男に負けたくないから、男みたいな形《なり》をする。師匠に認めてほしいから、師匠の絵の真似《まね》をする。それはそれで大事かもしれないけど、あんまり自分を偽っても仕方ないじゃない。リンらしい絵を描いてみたら？」

「あたいらしいって、何さ？」

唇を尖らすリンに答えたのは、横でぼっとしていたハル。

「素直で優しいところじゃないですか」

「「はっ!?」」

ついリンと声が揃ってしまった。

「に、兄さん、何を言ってるの？　あたしのどこを見たらそんな事思うの？」

「おかしいですかねえ？　おらはいいと思いますよ、庭花火の絵。リンさんらしいと思う」

二人の会話を聞きながら、あたしは頭を掻く。

「なんだか非常に承服しかねるところがあるけど、だそうよ。どう、描いてみたら？」

しばらく唸ったり、頭を抱えたりしていたが、やがてリンはのそりと立ち上がる。

「ちょっと、描きたい絵が浮かんできた。悪いけど先に戻るわ」

ありがとよ、と言うが早いか部屋へ駆け戻っていった。直後に部屋を引《ひ》っ掻《か》き回《まわ》すような派手な物音が響き出す。

「やれやれ、本当に慌ただしい子ですね」

「でも、何やら手掛かりを摑《つか》めたようですね。さすが、おソラさん」

しきりと感心するハルに苦笑する。それからゆっくり首を横に振る。

「あたしじゃありませんよ。あたしはただ、頼まれた伝言を伝えただけです」

「伝言？　誰のですか？」

「心配性で不器用な老人、でしょうかね」

これでまた、壁越しの物音に悩まされる日々が暫《しばら》く続きそうだ。まったくはなはだ迷惑な師弟である。

「それに切っ掛けを作ったのはハルさんです。ハルさんが花火をやろうと言ってくれたから。少しでもリンに息抜きさせようとしてくれたんですよね？」

「えっ？」

そうでもなかったらしい。単に自分がやりたかっただけかい！　あまりにハルらしくて笑ってしまった。

「さて、リンの方はこれで大丈夫そうですね。あとは狂斎翁の方。ハルさん、明日の夜少し手伝ってもらえませんか？」

「もちろんいいですけど、何をするんですか？」

「竜を天に放ちます」


月の見えない静かな夜。人から忘れ去られたかのようにうらぶれた土地。降り積もった雪と重い静寂が支配する世界。

時刻は戌の刻。暮れ五つ（午後八時頃）の鐘が遠くに響く。

闇と静寂は、何の前触れもなく破られる。轟音《ごうおん》を撒《ま》き散《ち》らしながら、何本もの光が、闇の空を貫くように駆け抜けていく。雷光？　と思う間もなく一際大きな音——さながら竜の鳴き声——が響く。その日、その時間帯、その土地で空を見上げた者は見たはずだ。厚く空を覆った黒雲を突き破り、太い光の筋が天に昇る様を。

それはさながら『竜』。縦横無尽に走る雷光を身に纏《まと》い、金に輝く鱗《うろこ》を煌《きらめ》かせた竜が天へ確かに昇って行った。

暗い夜の帰り道。手にした提灯《ちょうちん》の灯りだけが心許《こころもと》なく揺れている。

「おソラさん、あれは一体何だったんですか？　本当に竜が天に昇ったのですか？」

珍しくハルの興奮が治まらない。

「まさか。あれは『流星』という花火の一種です」

「花火？　あれ花火なんですか？」

「そうです」

火事に弱い江戸の街では、川開き期間の大川《おおかわ》でしか花火の打ち上げは許されていない。

だがまあ、ここは郊外だし、大目に見てもらおう。

「竹で出来た胴体の先に火薬の詰まった筒を取り付けてあるんです。筒の片方は塞いであるから、もう片方に点火すると火花が噴き出し、それを推進力にして空を飛翔《ひしょう》させる花火です」

仕組みとしては手持ち花火と同じ。それを応用している。本来は小型の庭花火なのだが、今夜のは何倍も大きくした特別仕様だ。

「なるほど。最初の雷みたいなのも同じですか？」

「同じです。あれは『千本流星』といって、小型の『流星』を幾つか束にして同時に打ち上げます。すると途中で縛りが解け、めいめい勝手な方向に飛んでいく訳です。あとは強い光と音を出す火薬を使うと、あのように雷みたいに見えるんです」

「いや本当に雷と見紛《みまが》う轟音でした。光と音に度肝を抜かれ、慌てて空を見上げたら、今度は雲間を突き抜けていく光の帯。あの輝きといい、勢いといい、竜だと言われたって誰も疑いません」

「演出は大事ですからね」

本命の花火を打ち上げる前に、露払いの光と音で観客の注目を集める方法はよく使われる。花火は一瞬の勝負。その一瞬を見逃させないよう職人は工夫する。ただ打ち上げればいいわけではないのだ。

さてさて、師と弟子。どんな絵が仕上がってくる事やら。

「仕掛けは上々、あとは結果を御覧じろ、ってね。さあ、帰りましょう」


それから七日後、リンは長屋を出て行った。挨拶も置手紙もなく、気付けば居なくなっていた。

心配はしていない。きっと絵が描き上がったのだ。狂斎翁がどんな評価を下したかは分からない。だが帰ってこなかったのだから、全てが上手《うま》くいったに違いない。

「やれやれ、本当に嵐みたいな子だったわね」

あとで使っていた部屋を覗《のぞ》いたら、綺麗《きれい》に片づけられていた。礼の一つもない事に憤ってはみるものの、何もないのがあの子らしいとも思う。

ようやく厄介払いが出来て清々している。

反面、少しだけ寂しく感じている事は、内緒だ。


リンからたよりがあったのは、そろそろ春の足音も聞こえてこようかといった時期。

「御免下さい。狂斎先生からのお届け物を預かってきました」

そう言って部屋に入ってきたのは、魚角屋の番頭である忠吉さん。例によって、荷物を渡すとさっさと帰っていった。この人も変わらず忙《せわ》しない。

荷物を開くと、中には二枚の絵。

一枚は庭で花火を楽しむ三人の子供と、それを見守る翁《おきな》の絵。もう一枚は雷光を身に纏った竜が、黒雲を突き破り天へと昇る絵。

折角なので二枚並べて壁に飾り、ハルと一緒に眺める。

絵の知識のない者がくどくどと優劣を論ずる愚は避けようと思うが、一つだけ確かな事がある。それはこの二枚の絵を、あたしはとても気に入ったという事。

価値があるとか、技術的に優れているとか、絵画として素晴らしいとか言いたい訳ではない。何度も言うが、あたしにそんな知識はない。ただ、ずっと見ていたいと思えるのだ、この絵は。それをどのように評していいのか、やはり知識のないあたしには分からない。

た。

「い〜い絵ですね」

そう思っていたら、ハルが如何《いか》にも分かったような事を言う。声を上げて笑ってしまった。

あまりに愉快だったので、代わりに一つ驚かせてやりたくなった。

「この庭花火の絵に描かれている翁、きっと狂斎翁ですよね。気付いていましたか？」

「もちろん。いまより随分と若いですが狂斎さんです。優しいお顔に描かれていますね」

「ええ。それでは花火をしている三人の子供の中に、リンがいる事はどうです？」

目を大きく見開き、ハルは首を横に振る。気付いていなかったらしい。

並んでしゃがんだ三人のうち、真ん中にいる子供。一際白い肌と猫のような細い目、そして高く整った鼻梁《びりょう》。きっとリンだと思う。

「あの二人、似ていると思いませんか？」

「似ている？　狂斎さんとおリンさんがですか？」

ハルは首を傾《かし》げる。確かに一見しただけでは似ているように思えない。

だが、二人とも整った異人のような鼻をしている。いまは骨と皮ばかりの狂斎翁も、若い頃はもっと肉付きが良かったはずだ。飛び出した大きなギョロ目も、その頃は肉に包まれ猫のような細い目をしていたのではなかろうか。げっそりと痩せたリンの顔を見た時、ふっとそんな気がした。

「タキの話では、狂斎翁は随分と晩婚だったらしいです。初めての子供が生まれたのは五十近くだったとか」

そう考えると、山姥図《やまんば》の為《ため》に臨月で天井から吊《つ》るされた哀れな娘。その娘の生んだ子供が、もし元気に育っていれば、丁度リンくらいの年齢になっているのではないだろうか。

「えっ、じゃあ、あの二人って？」

「さあ、どうでしょう」

逃げ出した娘も、一度くらい孫を連れて父親を訪ねた事もあるだろう。その時、近所の子供と一緒に花火に興じた、なんて事があったとしてもいい気がする。

まあ、真相は天のみぞ知る、だ。あたしの知った事ではない。あたしは信じたいものを信じるだけ。

「何はともあれ一件落着ですかね。ところでこの絵、どうします？　まさか売るなんて言わないですよね？」

何が心配なのか、不安げな視線をこちらに向けてくるハル。

「売らないです、今はですが」

「今は？」

あたしは顎を撫《な》でながら、もう一度、二枚の絵を見比べる。

「リンの絵はリンが江戸中に名を轟《とどろ》かせてから、狂斎翁は亡くなってからの方が価値が上がりそうですからね」

「……」

人の言葉を疑わないハルは、酷《ひど》く複雑な顔をする。旦那のそんな顔を見るのは、実に楽しい。

「それよりいい事を思いつきました。この絵を元に版画を起こし、浮世絵を作りましょう。それで花火を包んで売るんです。庭花火の方は手持ち花火で、竜の方は流星。話題の絵師との共演ですもの、大当たり間違いなし！」

「いやはや、流石《さすが》はおソラさん。商売がお上手ですね」

参りました、とハルは首を竦《すく》める。

「当然です。さあ早速、忠吉さんに話を持っていきましょう。梅の花が咲く頃には売り出しますよ。ほら早く早く！」

いまからですか？　と驚く旦那の尻を叩《たた》く。

どうにも春の訪れが待ち遠しくなりそうだ。

第四章【笑門来福】

師走（十二月）に入ると、もろもろの正月歳事が始まる。

八日はその年の農業が終わりを迎える「事納め」。十三日には一年の汚れを落とす「煤《すす》払《はら》い」。そうして十四日からは各地で「歳《とし》の市《いち》」が賑《にぎ》わい出す。

過行く年を名残惜しみながら、新しい年の訪れに誰もが心躍らせる。

新年の準備を始めた江戸《えど》の町には、季節の音が響き始める。

「せえ〜の、それ！」

威勢のいい掛け声に、杵《きね》が臼をつく小気味のいい音が続く。

年の瀬といったら餅つきだ。この時期、江戸のあちこちで見られる風物詩。

「はあ〜、凄《すご》い迫力ですねえ」

「そうでしょう？　この光景を見ると、ああ正月も近いなって気がしてきますよね」

「まさに季節の風物詩よねえ」

今日はあたしとハル、おシノちゃんの三人で餅つき見物。『わけあり長屋』の住人達もあらかた顔を揃《そろ》え、餅をつく男達を囲む。

「いや、いいねえ。年の瀬はこうじゃなきゃあ」

「ああ、この光景を見ねえと年は越せねえよな」

感想を口にしたり、合いの手を入れたり、めいめい楽しんでいる。

正月と切っても切れない食べ物といえば、餅は真っ先に思い浮かぶ。だが、家で餅をつくとなるとお足がかかる。年中金に困っている貧乏長屋の住人には、なかなか縁がない。うちの長屋で餅つきが出来るのは、せいぜい大家のご隠居くらいだ。

「ごほんごほん。あ〜あ、おソラさん、ちょっといいかな?」

「おや、大家さん。どうしました?」

「どうしたじゃありませんよ。おソラさん達こそ、ここで何をしているんです?」

「はい、みんなで餅つき見物を。ハルさんが江戸の餅つきを見たい、こう言うもので」

「そうかい、そうかい。江戸の餅つきは、一等威勢がいいからねえ。ところで、ここはどこかな?」

「いやだなあ、呆《ぼ》けないで下さいよ。大家さんの家の前に決まってるじゃないですか」

「いやいや、まだ呆けてやいませんよ。誰がどれだけ店賃《たなちん》を溜《た》めているか、ちゃ～んと覚えていますからね。なんなら今ここで諳《そら》んじてみせましょうか？」

「遠慮しておきます。年末の掛け取り前に、わざわざ聞きたくもない」

あたしは肩を竦める。

江戸ではつけ払いが常だが、そのつけの総決算が師走。特に大晦日《おおみそか》の掛け取りとの攻防もまた風物詩。

「そうかい？　まあ、それは置いておいて。呆けてやしませんが、呆れてはいますよ。人様の家の餅つきを勝手に見物するんじゃありません。しかも長屋総出で」

普段は呼んでも集まらないくせに、とかなんとか大家の小言は続く。

「まあまあ、いいじゃないですか見るくらい。減るもんでもないですし」

「そうですかねえ。随分と不穏な会話をしている気がするんですがねえ」

大家さんはチラリと、話し込んでいる長屋の住人達に目を向ける。

「やっぱり餅つきは威勢が良くなくちゃあいけねえ。そして餅はつき立てに限る」

「ああ、そりゃあそうだ。つき立てにあんこをたっぷりつけて頂くのよ」

「馬鹿野郎！　そんな甘ったるいもん食えるか。餅はサッと醤油《しょうゆ》をつけて、海苔《のり》で巻いて食うもんなんだよ」

「私はやっぱりきな粉かしらね。ハルさんは？」

「おらですか？　おらは大根おろしなんかで食べるのが好きです」

などなど。中にはなぜか箸と皿を持っている奴までいる。

「ちなみにあたしは納豆餅が好きです」

「こらこら。どうも毎年つき終わってみると一臼、二臼分餅が少ない気が――」

「気のせい、気のせい。年の瀬に難しいこと考えるのはやめましょうよ。ねっ？」

「まあ、餅つきは賑やかな方がいいですから、見るなとは言いませんがね。私もそこまでケチじゃありません。ただ餅の数が足りなかった時は、皆さんで足りない分のお金を払ってもらいますから。いいですね？」

「「は～い！」」

返事だけはいい我が長屋の住人。

「分かっているんだか、いないんだか。まったく、摘《つま》み食いは一臼までにして下さいよ」

そしてなんだかんだ言ったって、ちゃ～んと分かっていらっしゃる我が長屋の大家さん。

そうじゃなきゃ、うちの長屋の大家は務まりませんて。

「餅代は店賃に上乗せして、と。来年からは席料でも取りますかね。まあ、一人三文として――」

そろばんを弾《はじ》きながら家に戻っていく大家。いや、ほんと分かっていらっしゃる……。

大家さんの許可も頂いたので、あらためて餅つきを堪能《たんのう》する。なにしろ、あたしはこの餅つきを一際楽しみにしてきた。

もちろん餅も好きだが、楽しみはもう一つある。

それは——つき手である鳶《とび》の衆。

身を切るような寒さの中、諸肌脱いだ男が杵をふるう。隆起に富んだ肩から二の腕、露《あら》わになった逞《たくま》しい背中からは湯気が立ち昇る。いい、実にいい眺めだ。眼福、眼福。

餅つきのつき手は鳶職《とびしょく》の者に頼む事が多い。

なにしろ鳶は町の顔。

町内の喧嘩《けんか》を仲裁したり、火消しの職を任されていたり、いざという時に町を守る役割を担っている。困った時に頼りになるお兄さん方だ。

江戸でモテる三大男といえば与力に力士、そして鳶の頭と相場が決まっている。

あたしとしてはやはり鳶である。喧嘩が強くて、勇敢で、いざという時に頼りになる。

おまけに粋で鯔背《いなせ》ないい男が多い。惚《ほ》れるなという方が無理である。

そんな鳶の若い衆が目の前で杵をふるっている。

「いい男だねえ」

　つい口に出てしまう。おっと、よだれよだれ。

　それにしても今日は特にいい男揃《ぞろ》いだ。中でも目を引く者がいる。一際目立つ長身で、ふるう杵の音が誰より力強い。豆絞りの手ぬぐいを頭に巻き、パッと諸肌脱ぎになるや目に飛び込む白い肌。胸にはさらしなど巻いて――、

「てっ、なんであんたが混じってるのよ、タキ!」

　タキだった。

「あん? なんでって助っ人《すけと》だよ。この時期、鳶は忙しいからな」

　当たり前のように答える。

　確かに年の瀬が近いこの時期、餅つき以外にも門飾りをつけて回ったりと、何かと鳶の衆は忙しい。人手はあった方がいいだろうけどさあ。

　男より男らしい女ってどうなのよ?

「なんだ、お前らもやりたいのか? なんなら代わってやるぞ」

　餅をつきたいと勘違いしたのか、杵を差し出してくるタキ。誰がそんな重労働やりますか!

「はい!」

と思っていたら、勢いよく手を上げる奴がいる。えっ、ハル!?

「ちょっ、ちょっと何を言い出すんです？　やめましょう、やめなさい、やめ、っぶ!!」

「いいじゃねえか、本人がやりたいって言ってるんだからよ」

必死に止めようとするあたしを押しのけ、タキが杵を渡す。玩具を与えられた子供のように勇んで受け取るハル。何故《なぜ》だろう、ハルが張り切れば張り切る程に不安が募る。いやもう悪い予感しかしない。

「ハルさん、頑張ってね！」

人の心配をよそに、呑気《のんき》におシノちゃんが声援を送る。

「お、おシノちゃん!?　なんでそんなに離れているのよ？」

「う〜ん、なんとなく？」

自分は安全な所に避難して、可愛《かわい》く小首を傾《かし》げる魔性の女。

いつの間にか長屋の連中も臼から距離を取り、遠巻きに様子をうかがっている。

「悪いな、命がけの仕事をさせて」

「何の事だ？」

タキが返し手の男にそっと声を掛け、自分はさっさと遠ざかる。何も知らない返し手の男は、不思議そうな顔をするばかり。とりあえずひどい目に遭うであろう哀れな鳶の男の、無事と冥福を心の中で祈っておく。

「って言うか、タキ！　分かってるんなら杵渡すな！」

周りの喧騒《けんそう》などどこ吹く風。一丁前に腕まくりなんかして、ハルが臼の前に立つ。

「よ～し、行きますよ。せえ～の！」

勢いよくハルは杵を振り上げ――。


「ほ～～んとに、あなたは期待を裏切りませんね！」

「め、面目ないです」

消えてしまいそうな程にしゅんと身を縮めるハル。申し訳なさそうな顔で平身低頭。

勢いに任せて杵を振り上げたまではよかったのだが、杵の重さにハルの体がふらつく。

覚束《おぼつか》ない足取りで右へふらり、左へふらり。

「あわわ、あわわわ」

やがて臼に向けられていた杵は、返し手の男の方を向く。

「ば、馬鹿、こっち来るな！」

あとは思い出すのも馬鹿馬鹿しい。控え目に言って、ひどい喜劇だった。

「大体、ハルさんは――」

「ソラ、そうガミガミ怒ってやるなよ。幸い怪我人《けがにん》は出なかった事だし。それに今回はソラも悪い」

先程まで散々に笑い転げていたタキが間に入る。

「あたしの何が悪いっていうのよ？」

ムッとして聞き返す。

「お前が物欲しげな顔で、鳶の若い衆に色目なんか使うから」

全身の血が一気に駆け上がり、羞恥が火を噴く。

「だ、誰が色目なんて使いますか！　あ、あたしはただ……」

どうにもしどろもどろ。

「まあ、ハルさんにも見栄《みえ》があったって事よ」

「えっ？」

タキの横で、のんびりとおシノちゃんが微笑《ほほえ》みかけてくる。

「よかったね、愛されてて」

「……」

何やらハルの意外な一面を見た気がした。

「そういえば大家さんから手紙を預かってきたわ。おソラちゃん宛てに届いていたんですって」

帰り際、おシノちゃんから手紙を受け取った。

差出人は、と裏を見る。

「あら、お福《ふく》」

「誰です、お福さんって?」

本日の罰として、まだ手つかずだった竈《かまど》掃除をしていたハルが、ひょいっと顔を上げる。

「昔、うちの店で働いていた女中です。たまに手紙をくれるんですが……」

答えながらハルの顔を見た瞬間、不意に昔の出来事を思い出す。

「なんでしょう? 何かおらの顔についていますか?」

「ええ、蜘蛛《くも》の巣《す》が頭にべったりと。いや、そうじゃなくて。そう言えば、あたしがハルさんに初めて会ったのも、こんな時期だった事を思い出したんです」

「えっ、以前におソラさんに会っていましたっけ?」

蜘蛛の巣を拭いながら、ハルは驚く。

「いいえ。ハルさん本人に会った事はありません。正確に言うと、ハルさんによく似た奴と出会ったんです」

「おらによく似た人？　へぇ～、その人はそんなにおらに似ていたんですか？」

「ええ、とってもよく似てましたよ。あれは――」

そう、あれは四年程前、やっぱり年の瀬が迫る頃だった。


闇の中をキラキラと輝く金の流砂が零《こぼ》れ落《お》ちていく。

いつもと同じ、いや、明らかに光の輝きが強い。それに幾らか赤みがかっている。

「ふむ。やっぱり火薬に鉄さびを混ぜると輝きが違うわね」

地から這《は》い上《あ》がってくる寒さも忘れ、あたしは納得と満足の息を吐く。

その途端、パッとまわりの闇が払われる。突然溢《あふ》れ出《だ》した光に、あたしは目を細めた。

「おソラ！　こんな所で一体何をしているの！」

見上げれば、引っぺがした筵《むしろ》を片手に立つ我が母上。背後から差し込む日の光がまるで後光のようだ。拝みそうになる程神々しいのに、母上はひどく困惑のご様子。

「どうなさいました、母上？」

「どうなさいました、じゃありません。一体、何ですかこれは？　庭にこんな物をこさえて」

こんな物とは竹と筵で組み上げた、このお手製の小屋の事を言っているらしい。小屋といっても、人が一人入れるくらいの小さなものだ。

よくぞ訊《き》いてくれたと、あたしは立ち上がり胸を張る。

「即席の暗室です。夜の暗さ程じゃないですが、日の光を遮れるから簡単な暗がりを作れるのです」

「はあ、暗室？」

ぽかんとする母上に、あたしは勢い込んで説明する。

「これがあれば夜まで待たなくても、花火を試行することが出来るのです！」

音や煙で楽しませる昼花火は別だが、花火には暗闇が必要。だから、折角花火を試作しても、その出来を見るには夜まで待たなくてはならない。

だが、元来堪《こら》え性《しょう》のないあたしは一刻でも早く火を点《つ》けたい。火を点けたくて仕方がない。そんなまるで八百屋《やおや》お七《しち》のような願望の末、出来上がったのがこの小屋である。

我ながら素晴らしい思いつき。さぞや感心した事だろうと見てみれば、俯《うつむ》いた我が母上の肩が小刻みに震えている。

あっ、まずいと思う間もなかった。

「年の瀬の忙しい時に何しているの!!　さっさと片付けなさい!!」

鍾馗《しょうき》様も一目散で逃げ出すだろう鬼と化した我が母上。その後ろで女中のお福が盛大に笑い声を上げていた。

丸屋《まるや》は江戸一の花火屋である、と少なくともあたしは思っている。爺様《じいさま》が小さいながらも店を興し、いまの親父殿《おやじどの》が二代目。その親父殿の代になってからの躍進は目覚ましく、勢いに乗って大川《おおかわ》を渡ったのが今から三年程前の事。それまで店を構えていた本所《ほんじょ》から、大川を越え、江戸城がぐっと近づく一等地に屋移りしたのだ。名実共に、丸屋が大店《おおだな》の仲間入りを果たした瞬間だ。

「く、くそう、母上め」

結局、庭にこしらえた小屋は撤去され、あたしは母上から盛大な雷とお小言を頂いた。挙句に邪魔だからと、店まで追い出される始末。

最近、やたらと邪険にされる。

特に花火作りをして、煤《すす》で手を汚そうものならすぐに雷だ。昔は職人達と並んで、親父殿に花火作りを教えてもらっていたのに、屋移りした頃から仕事場に近づけもしない。代わって増えたのが煩わしい稽古事。

自分で言うのもなんだが、あたしは優秀だ。一度興味を持つと、納得するまで闇雲に取り組める性格。漢詩、和歌、舞、音曲、三味線、琴など一通りの稽古事はすべてそれなりにこなせた。

だが、同時に飽きるのも早かった。どの稽古事も長くは続かない。唯一の例外は花火作り。これが、まったく歓迎されなかった。

花火作りはもちろん危険だ。子供の身を案じるのは分かる。では兄上はよくて、あたしがダメな理由は何なのか？

「ソラは女の子なんだから」

一体、これのどこが理由になっているのか？

何かと納得のいかない事が多くて、あたしはイライラしていた。

「まあ、今日は店の煤払《すすはら》いですから。忙しさで奥さまも一層にカリカリされていたんです」

少し後ろを歩くお福が楽しそうに笑う。一体、どこに笑う要素があるというのか。振り向き気味に恨みがましい視線を送るが、お福は涼しい顔。

さすがの母上も、大事な箱入り娘を一人で街に放り出すような事はしなかった。江戸の街も娘が一人で歩き回るには何かと物騒。加えて一人にすると、あたしが何を仕出かすか分からないという不安。という事で、女中頭のお福をつけて寄越した。

煤払いの最中にお福が抜けるのはかなりの痛手。かといって他の女中では心許《こころもと》ない。母上の葛藤が手に取るように分かる。

いやはや、随分と信用のない。もう少し自分の娘を信頼したらいいのに。丸屋の娘として、はしたない振舞などしようはずがない。

「お福、久しぶりに街へ出てきたんだしお汁粉でも食べて行かない？　それとも蒸《ふ》かし饅頭《まんじゅう》にする？　あっ見て、焼き芋！　冬といえばやっぱり焼き芋よね」

街角に『十三里』の看板を見つけ、目を輝かせるあたし。ちなみに焼き芋は栗《くり》（九里）より（四里）美味《うま》いから十三里と称する。よっ、駄洒落《だじゃれ》！

「やめときましょう。買い食いしたなんて奥さまに知られたら、あとで私が怒られます。そして姫は生きて新年の朝日を拝めなくなりますよ」

苦笑するお福。どうでもいいが可愛《かわい》い娘への罰が重過ぎはしないだろうか？

だが、そんな程度で諦めるあたしじゃない。乙女の甘味への執念は富士《ふじ》の山より高く、琵琶湖《びわこ》の底より深いのだ。甘く見てもらっては困る。甘味だけに。

「ええっ、いいじゃない！　知られなきゃいいのよ。世の中、上手《うま》く立ち回らなきゃ！

それに街の流行を知っておくのは大切な事だって、いつもお福が言ってるじゃない。店舗拡大のための重要な市場調査よ」

最近教えてもらった言葉を使い反撃する。

「仕方ありませんねぇ」

お福は再度の苦笑と共に懐から財布を取り出す。心の中で喝采を上げるあたし。

だが、油断してはいけなかった。他の女中ならともかく、相手はお福。そう簡単にいくはずがなかったのだ。

「時に姫、最近一層に可愛くなられましたね」

「えっ、本当?」

思わぬ方向から飛び出た誉《ほ》め言葉に、あたしは素で飛びつく。

「ええ。何というか、そうお顔が真ん丸くなられて、まるでお月さまみたいで愛らしいですわ。顎なんかもう少しでなくなりそうですもの」

「……」

考えなくても、自然とお福の言葉が頭に染み込んでくる。

顔が丸くなった　↓　太った
顎がなくなる　↓　かなり不味《まず》い

「さて、何を食べましょうかねえ？」

「や、やめとく。食欲が掻《か》き消《き》えたわ」

あっさりと富士の山は崩れ、琵琶湖は干あがった。心当たりがあるだけに、反論も出来やしない。戦意喪失で白旗を上げる。

女中泣かせで通っているあたしも、お福には苦も無く捻《ひね》られてしまう。

「お福さん」

不意に若い手代風の男に声を掛けられた。どうやらお福の知り合いのよう。

「あら、お久しぶり。その後、どうです？」

「へえ、おかげさまで上手くやっております。これもすべてお福さんのお陰です」

そう言うと、男はペコペコ頭を下げて行ってしまった。

「なになに？　お福のいい人？」

すわとばかりに色めき立つあたし。ここぞとばかりに詰め寄る。

「違いますよ。この間、夫婦喧嘩《げんか》の仲裁を頼まれたんです」

途端にげんなりだ。

「そんな犬も食わない厄介事、よく引き受けたわね」

お福と街を歩くと、大概誰かに呼び止められる。みんな、何らかでお福の世話になったという者ばかり。あまりに毎度の事なので、感心するより呆《あき》れてしまう。

「ふふふ、人の縁とは大切なものです。どこで繋《つな》がるか分かりませんから。さあ、折角街に出て来たんです、お寺にでもお参りしてきましょう。以前から見たかった襖絵《ふすまえ》のあるお寺があるんです。お付き合い頂けますか?」

いつものように、お福は柔らかに微笑《ほほえ》む。そうされると、苦い顔をしながらも頷《うなず》かざるを得ない。


お福は不思議な女だ。

決して美人という訳ではないが、誰の目をも引く。それは立ち姿が美しく、仕草の一つ一つに気品があるからだと思う。

なんでも若い頃は大奥で働いていたらしい。

あの大奥だ。江戸城に住まう女狐《めぎつね》共の巣窟。日夜、泥沼の愛憎劇が繰り広げられ、権謀術数が渦巻いているあの大奥だ。いや、知らんけど。

「瓦版（ゴシップ誌）の読み過ぎですね」

呆れられてしまった。

大奥を辞した後、幾つかの武家屋敷《やしき》や商家を経て丸屋に来た。と、いうのがもっぱらの噂《うわさ》。お福があたしを『姫』と呼ぶのも、過去の名残だろうか。

　だが、真相は誰も知らない。お福自身は過去を語らない。嘘《うそ》とも真実とも言わず、ただ笑っているだけ。

　年はそろそろ三十に手が届くと本人の弁。だが、毎年言っている割には、いつまでたっても三十に届かないのも不思議だ。

　不思議なところはまだある。

「えっ、嫁入りしないの？」

「はい。私は嫁入りする気も、婿を貰うつもりもありません」

　初めて会った時、お福は当たり前のようにそう答えた。

「でも、親父殿や母上はお福にもよい縁談を、って言ってるよ」

「旦那さまも奥さまも、独り身の私を案じて下さっているのでしょうが心配はご無用。私は一人で生きていきますので」

「……なんで一人なの？」

「『一人笑うて暮らそうよりも　二人涙で暮らしたい』」

「えっ？」

「流行の都都逸です。世間ではこう在りたいんだそうです。ですが、私は泣いて暮らすなんて御免です。泣いて暮らすくらいなら、私は一人で笑って暮らします」

「……」

衝撃だった。

女は嫁入りするか、婿を取るのが当たり前。良い家に嫁ぐ事、良《い》い家から婿を取る事、それが女の幸せだとずっと言われてきた。

なんとなく腑《ふ》に落ちないものの、周りに疑問を持つ者はいなかった。まあ、あたしは風変わりと呼ばれる。だから、世間の通りそんなものかと思って生きてきた。

そうでない生き方がある事を、あたしは初めて知った。

いろいろと不思議なところのあるお福だが、一つ確かな事がある。それは無茶苦茶仕事の出来る女であるという事。

その働きぶりに親父殿も母上も、全幅の信頼を置いている。何よりも二人がお福に感謝したのは、おちゃっぴいな娘の世話を任せられた事。

まあ、つまりはあたしだ。

お福と訪れたお寺も大掃除の真っ最中。煤竹《すすだけ》を持った坊さま達が忙し気に走り回っている。それでも境内には多くの人が訪れていた。こんな日まで信心深い事だ。

「さすがに慌ただしそうね。こんな時に襖《ふすま》なんて見せてもらえるの？」

「こんな時だからですよ。普段は立ち入れない部屋にある襖絵や屏風《びょうぶ》なんかも、今日は自ら外へ出て来てくれているんですもの」

お福の言う通りだった。煤払いのため調度品などと一緒に、外された襖や屏風が外に運び出されていた。なるほど普段はお目見えしない代物も、今日なら見放題というわけだ。

「なるほど。さすがはお福」

忙しい坊さまを尻目に、あたし達はゆっくりとお目当てを見て回る事にした。

歴史のあるお寺や神社には、古今の有名無名の絵師が描いた書画を所蔵している所が多い。博識なお福はそんな書画を見て回るのを趣味としていた。あたしも度々お供を仰せつかり、店から連れ出してもらう。

格式張った物ばかりでもない。時に町で流行の浮世絵なんかも、噂話《うわさばなし》と一緒に仕入れてきてくれる。鈴木春信《すずきはるのぶ》、鳥居清長《とりいきよなが》、喜多川歌麿《きたがわうたまろ》……、みんな、お福に教えてもらった。あとはこっそりと春画なんかも。

お陰であたしも随分と絵を見るのが好きになった。とはいえお福のように知識があるわけではない。

「おっ、なかなかいい筆遣いじゃないか」

「姫、それは浮世絵（版画）ですよ」

まあ、この程度のものだ。

「あら、お福さん！」

二人で見て回ろうとしたが、生憎《あいにく》とお福は知り合いのおかみさんに捕まってしまった。なんでもお福のお陰で家出息子が帰って来たのだとか。

話が長くなりそうなので、あたしはそっとその場を離れた。

しばらく一人でぶらぶら見て回っていたが、ふっと足が止まる。

視線を感じた。

そちらに目を向ければ、ジッとこちらを見ている奴がいる。特に見覚えはない。

（なんだこいつ？）

訝《いぶか》しみながらも、なぜか立ち去りがたい。いつの間にかしゃがみ込んで、そいつと目線を合わせていた。

「あんた、どうしたのよ？　そんな顔してさあ」

問いかけてみるが、何も答えない。

丸っこい体に、つぶらな瞳。そいつが小首を傾《かし》げているから、ついこちらも首を傾げてしまう。悲しんでいるのか、困っているのか。そのくせどこか惚《ぼ》けているような、滑稽なような。

（なんだっけ？　なんて言うんだっけ、この感じ）

悲しんでいれば構ってやりたくなるし、笑っていればいじめたくもなる。なんだかこの顔を見ると素通りし難《にく》いのだ。

言うなれば、

「愛嬌《あいきょう》？」

そう、何やら人の心を捉えて離さない愛嬌がある。

こいつにばかり目を取られていたが、傍《そば》で仲間らしきものが楽しそうにじゃれ合っている。

「そっか、あんたも仲間からあぶれちゃったのね。淋《さみ》しいの？　まあ、そんな顔しないでさあ、しっかりしなさいよ。あたしがついているじゃない」

「姫、随分と熱心ですね。何を見ておられるんです？　おや、応挙《おうきょ》ですね」

顔を上げると、お福がこちらを覗《のぞ》き込んでいた。

「応挙？」

「ええ、円山《まるやま》応挙。四十年程前に活躍した京都《きょうと》の絵師です。仔犬《こいぬ》図は応挙が特に得意とした画題ですね」

「仔犬図」

確かに先程から見ていた屏風には、三匹の子犬が描かれている。じゃれ合う二匹の横で、一匹が所在なさげにこちらを見ていた。

「京都の絵師の屏風が、なんで江戸の寺にあるの？」

「さて、応挙の有力な支援者に豪商の三井《みつい》家がいましたから。三井家は江戸にも店を持っています。その辺りから流れてきたのかもしれませんね」

有名絵師の屏風なら、いい贈答品になるだろう。

「円山応挙、応挙の犬」

何度も口遊《くちずさ》む。

「さあ姫、行きましょうか」

お福に促されて、一度は立ち上がる。それでもどこか後ろ髪を引かれる思いがして、去り際にもう一度振り返った。

視線が合う。

「じゃあ、またね」

軽く手を振る。

「どうかしましたか？」

「ううん。なんでもない」

その屏風は普段見れない部屋にある物だったようで、その後に何度か寺を訪ねてみたが、ついぞ会う事は叶《かな》わなかった。

だが、不思議な愛嬌を持つ子犬の顔は、長くあたしの心に残る事となる。

「そろそろ店に戻りましょう。大掃除の方も一段落している事でしょうし」

「ええっ、もう？　少しは街をぶらつこうよ」

駄々を捏《こ》ねてみるが、お福は素知らぬ顔で、人の多い境内を先に立って歩き出す。置いて行かれては敵《かな》わないので、しぶしぶ後を追いかける。

だがすぐ、その足を止めた。

境内の一角が騒がしい。

「何かしら？」

ここからでは遠くてよく見えない。

「さあ、喧嘩《けんか》か、掏摸《すり》か。そんなところでしょうか」

やはり足を止めていたお福が答える。

何かと忙《せわ》しないこの時期は、揉《も》め事《ごと》が多い。特に喧嘩と掏摸。

火事と喧嘩は江戸の華、なんて言われる。気の短い江戸っ子はすぐ喧嘩になる。困ったものだが、まあ飽きるのも早いのですぐに収まるのが常。大事にはならないだろう。

「そう言えば、昨日もお店の近くで喧嘩がありましたよ。一人が三人を相手にして」

「ふ〜ん、それで？」

喧嘩は珍しくないが、店の近くではやらないでほしい。迷惑だ。そして一人を三人で襲うなど言語道断。江戸っ子の風上にも置けねえ連中だ。

「あっという間に伸されてしまいました、三人とも」

「へえ〜、うん!? 伸されたのは三人の方なの？」

「はい、見事な立ち回りでした。随分と背が高くて、女のように綺麗《きれい》な顔立ちの美丈夫でしたよ」

「実は女だったりして」

まさかね。大の男を三人も伸すなんて、そんな女が居るわけがない。居たらさぞや痛快な奴だろうが。

「さあさあ無駄話は終わりです。今夜は旦那さまと山谷《さんや》の料亭へ行くご予定ですよ。帰ったら着替えて、準備しないと」

顔が曇る。すっかり忘れていた。

年の瀬から新年にかけて多いのが得意先との宴《うたげ》。接待したり、されたり。その回数がここ数年、妙に増えてきた。それも丸屋が大店《おおだな》になった証《あかし》と言われればそうなのだが、駆り出される身としては煩わしい。

「あたし、ああいう場が嫌い！　酔っ払い共はもっと嫌い!!」

「姫の気持ちは分かります。ですが、これも丸屋のためです。くれぐれも本心が出ないよう、お気を付け下さい。口だけでなく顔にも。姫はある意味素直ですから」

窘《たしな》められたあたしは唇を尖《とが》らせ、思いっ切り顔を顰《しか》める。

無駄だと知りつつ、反論を試みようとした時——、

「家に帰るまで見てはいけませんよ。三日後に」

突然、耳元で囁《ささや》かれた。

同時に背後をすり抜けていく人の気配。跳ねた心の臓を無理矢理抑えつけ、パッと後ろを振り向く。反応は早かったはず。だが、背後には誰もいない。境内はそれなりに混雑しており、近くを何人もの人が行き交う。だが、あたしに声を掛けてきた奴が誰か分からない。

低い、男の声だった。

「姫、どうしました？」

立ち尽くすあたしにお福が声を掛けてくる。

「いや、それが――」

答えようとして、はっと気付く。袖に何か入っている。取り出してみれば煙草入《たばこい》れ。そして二つに折り畳まれた紙片。当然身に覚えはない。

急いでその紙を広げてみる。

『そら煙草　吸い吸い見たり　好いた人　不忍池《しのばずのいけ》で　蓮花《はすはな》の頃』

「あら、恋文」

横から覗いていたお福の一言に、弾《はじ》かれるように顔を上げた。

「えっ？」


店に帰るなり、すぐに出掛ける支度をさせられた。普段着から外出着に着替える。今夜は山谷にある料亭で花火屋の寄合。体はいいが、要するに酒盛りだ。

「なんで、あたしまで」

「花火屋の旦那連中が、ぜひ姫も、との事でした。姫は人気者ですからね。皆さま、姫が来るのをきっと楽しみにされていますよ。期待には応えてあげましょう」

楽しみにしている、と言われれば悪い気はしない。

だが、花火屋の主の寄合だ。集まるのは三十も四十も年の離れた親父《おやじ》共ばかり。姫は、若くていい男をご所望だ。

ふっと煙草入れの事が頭をよぎる。

慌てて頭を振った。気になる。凄《すご》く気になる。だがそれについて考えるのは後回し。今は寄合に急がねば。これも丸屋のためだ。

「おソラ。準備は出来たかい？」

廊下に出ると、すっかり用意を整えた親父殿が待っていた。

黒の小袖に、これまた黒の長羽織《ばおり》。そして緋色《ひいろ》の腹切帯《はらきりおび》。一見黒づくしで地味だが、その分帯の緋《ひ》が映える。そこまでどぎつい色でないのもいい。何よりどの品も上等な生地で仕立ててある。このさり気なさが粋なのだ。

だが、まるで大店の主のような装いを見るなり、あたしは盛大に顔をゆがめる。そのまま無言で親父殿の脇をすり抜けた。

「どこか変だったかい？」

「いいえ、よくお似合いですよ」

尋ねる親父殿と答えるお福。

二人の会話を背で聞きながら、あたしはますます苦虫を嚙《か》み潰す。似合っていないとは言っていない。むしろ似合い過ぎているから腹立たしいのだ。

あたしの中で、親父殿の衣装は印半纏《しるしばんてん》だった。

印半纏は背中に屋号が染め抜かれた半纏の事。おのれの店の名を背負った印半纏は、職人にとって仕事着であると同時に戦装束でもある。その印半纏を羽織り、降りそそぐ火の粉の中を駆ける。それが親父殿だった。その姿が憧れだった。

それがいつの頃からだろう、半纏姿よりも長羽織姿が板についてきてしまった。あれだけ家族に物珍しがられ、職人達に似合わないとからかわれ、頭を掻《か》いていた親父殿が。

「ああ、気に入らない！」

山谷の料亭までは駕籠《かご》を使った。

女中に案内され廊下を歩いていると、どこかの座敷《ざしき》から漏れ聞こえくる三味線の音色。

そしてそれにのった歌声に暫《しば》し聞《き》き惚《ほ》れる。

いい音色。いいのどだ。

音は柔らかく耳に心地よいのに、声には不思議と色気がある。きっとつま弾いている者の性格が出ているのだろう。

「それにしても、随分と艶っぽい歌ねえ」

聞いているだけで顔が熱くなってしまう。


分かっていた事だが、寄合とは名ばかり。のっけから酒、肴《さかな》、芸者がずらりと並んで、飲めや歌えやのどんちゃん騒ぎ。一体、何のための集まりだと呆《あき》れ果《は》ててしまう。

「もう、相模屋《さがみや》の親方ったら！」

満面の笑みで隣に座った男の腕を、冗談めかして軽く叩《たた》く。

「親方みたいな男らしい人、初めて！」

続けざまに黄色い声を上げる。

一体、誰がやっているんだって？　あたしですよ、もちろん。

「相模屋さんの花火はどれも豪快ですよね。まるで親方みたい！」

（豪快っていうより雑なんだよ、あんたの所の花火は！）

「美濃屋《みのや》さんの花火は安心感があります！　どの花火も質が揃《そろ》っていて」

（どの花火も同じようなのばかりで退屈なのよねえ）

こんな感じで次々に居並ぶ花火屋に油（お世辞）をかけていた。

ここに集まった花火屋は何代も続く大店ばかりで、居並ぶ旦那達は生まれた時から大店の跡継ぎ。だから実際に煤《すす》で手を染めた事がない奴も多い。周りからちやほやされて育ってきたせいか、こんなに分かりやすいお世辞さえ微塵《みじん》も疑わない。

この場であたしの言葉がお世辞だと分かっているのは、きっと親父殿くらい。親父殿は時折杯を舐《な》めながら、苦笑いであたしを見ていた。

「へへへっ、そうかい。いやあ、おソラちゃんはよく分かっているねえ」

相模屋の旦那は赤い顔を近づけ、酒臭い息を吐きかけてくる。

「もう親方、飲み過ぎですよ」

笑顔のまま、さりげなく距離を取る。

断っておくが、やりたくてやっている訳じゃない。酒宴が楽しいと思った事はないし、酒が美味《うま》いと思った事もない。

全ては丸屋のため、そう何度も自分に言い聞かせている。

「いやあ、本当にいい娘さんだ。どうだい丸屋さん、おソラちゃんをうちの息子の嫁に貰《もら》えないか？」

酔っ払いの一人が言い出すと、いやうちの息子に、うちの嫁にと次々と声が上がる。まあ、いつもの事だ。

いつもと違ったのは、頭を掻いてやり過ごすのが常の親父殿が口を開いた事。

「いや、それが錠屋《じょうや》さんから縁談の話を頂いていまして」

一斉に驚きの声が上がる。

今日は来ていないが、錠屋は江戸一番の花火の大店。古くから幕府のご用達《ようたし》であり、その伝統と格式に並ぶ店はない。丸屋の暖簾《のれん》元でもあり、錠屋の当代は親父殿の兄弟子にあたる。

さすがに錠屋の名を出されては、他の店も黙るしかない。誰もが口を閉ざし、その話題は立ち消えるかと思われた。

「嫌よ、そんなの！」

その場の視線が一斉に声の主、あたしに注がれる。

思わず立ち上がっていた。

「あたしは他家へ嫁入りなんてしないわ！　あたしは丸屋でやりたい事があるの！」

勢いのまま、言葉が溢《あふ》れ出《だ》す。

はっ、と我に返った時には誰もが唖然《あぜん》としていた。一気に血の気が引く。

呆気《あっけ》にとられていた旦那衆だったが、一人が困惑しながらも口を開く。

「お、おう。じゃ、じゃあ、おソラちゃんのやりたい事ってのはなんだい？」

どうしてこんなことになってしまったのか。後悔するが、もう後には引けない。

「あたしは、あたしは日ノ本一の花火職人になりたいの！」

再び場が静まる。そして――この日一番の笑いが爆《は》ぜた。

「ちくしょう！　あの酔っ払い共！」

店に帰り、自分の部屋に飛び込むや、感情が爆発した。怒りのままに着ていた振袖を床に叩きつける。

「やれやれ、そのご様子では大分嫌な思いをされたみたいですね」

着物を拾い上げながらお福が苦笑いする。

「聞いてよ、お福！」

料亭での出来事と不満をぶちまける。お福は黙って最後まで話を聞いてくれた。

「なるほど。それは、まあ、笑われるでしょうね」

「何でよ！」

思わず目をむき、身を乗り出す。

「女が職人になりたいなんて、ましてや危険が伴う花火師に。洒落《しゃれ》か戯言《たわごと》にしか聞こえなかったでしょうね、あの連中には」

「だからって笑う事ないじゃない！」

反対されるよりも、笑われた事に屈辱を覚える。誰も本気にしてくれなかった。

いま思い返しても、握った拳が怒りに震える。あんな、本当は花火の事など何も分かっていない、手を煤で汚した事もない連中に。悔しくて、悔しくて。

「お福、藁《わら》人形と五寸釘《ごすんくぎ》！　丑《うし》の刻参りよ！　あいつら全員呪い殺してやるわ！」

「叩かれても、嘲られても、めそめそしないで立ち上がれるのが姫のいいところですね」

「あっ、どうも」

呆れられるかと思ったら、褒められたので戸惑ってしまった。褒められてますよねえ？

「それにしても、旦那さまが錠屋との縁談を口にされるとは驚きですね」

胸の奥がズキリと痛んだ。

「本気だと思う？」

「まあ、旦那さまより錠屋が主動の縁談でしょうけどね。昨今の丸屋の躍進に、さすがの錠屋も慌てたって事ですよ」

夏の納涼期間の始まりを告げる川開き。そこで毎年打ち上げられる大川の花火は、長らく錠屋が独占してきた。だが、来年は川上を丸屋に、川下を錠屋に分担させては、という話が出ている。丸屋から持ち掛けたわけではない。自然に湧いてきた話だ。

それ程丸屋の花火は評判が良かった。

「なにそれ。縁続きになれば、自分達の縄張りをこれ以上荒らされなくなるとでも思っているの？　奪われたものは、自分の腕で取り戻しなさいよ！」

「それも戦略です。正面突撃だけが作戦じゃないですからね、世の中。それに格式と伝統があり、幕府や大名家、各花火屋にも顔の利く錠屋と縁が出来るのは、丸屋にとっても悪い話ではないはずです」

お福の言う事は分かる。だが、それではあたしはただの戦略の道具ではないか。

「嫌よ、そんなの。第一、あたしが嫁入りしたら、誰が丸屋の跡を継ぐのよ？」

「いや、お兄様がみえるじゃないですか」

「無理でしょ！　あの唐変木で、口が悪くて、面倒臭がりで、根性なしで、女にモテない兄上だよ？　何より花火師になりたくないって言ってるんだよ、あいつ！」

「容赦ないですね、実の兄上にも。あと女にモテないは関係ないと思いますよ」

今度は呆れられた。だが、一切の事実だ。

あたしには二歳年上の兄がいる。あたしに似て（？）眉目秀麗、才気煥発《かんぱつ》なのだが、いかんせん花火と女の扱いに関してだけは何故《なぜ》か才能がない。才能がなくとも努力するなり根性を見せればまだしも、残念ながらそれもない。何しろ我が兄上は花火に興味がない。

果ては将来は全国を旅して暮らしたいと宣《のたま》う始末。妹のあたしから見ても、実に残念な奴だ。

親父殿《おやじどの》も母上も、とうの昔に店を継がせる事など諦めていると思っていた。

「そうか、いらないのはあたしの方だったか」

急に寂しさが忍び寄ってきた。あたしも年が明ければ十五歳。嫁入りの適齢期に入る。

今までも戯言で親父殿に嫁入りの話をする者はいた。あくまで戯言で、だ。何より親父殿は苦笑いするばかりで何も言わなかった。その親父殿が具体的に嫁入りの話を口にした事が驚きで。裏切られた、そんな気分だった。

「こうなったら――、駆け落ちしかないわ」

「相変わらず思考の飛躍が激しいですね」

姫といると退屈しませんね、とお福。至って本気なんですが？

「駆け落ちと言ったって、相手がいないじゃないですか？」

「いるじゃない！　煙草《たばこ》入れの君が」

「煙草入れの君？」

眉をひそめたお福だったが、すぐにポンと膝を打つ。そう、寺の境内で袖に入れられた煙草入れと恋文の事だ。

早速預けてあったそれを持ってきてもらう。紙を取り上げ、もう一度そこに書かれた文字に目を走らせる。

『そら煙草　吸い吸い見たり　好いた人　不忍池で　蓮花の頃』

「煙草を吸う振りしながら好きなあなたを見ていました、みたいな意味よねえ？」

「そうでしょうね。ちなみに『吸い』と『好《す》い』を掛けているみたいですね」

なるほど、なるほど。下の句に出てくる不忍池は上野《うえの》にある蓮《はす》の名所。そして蓮の花は早朝に咲く。つまり三日後に蓮の花が咲く早朝、不忍池で会いたいというわけだ。

「まあそういう意味でしょうけど、不忍池近辺は水茶屋も多いですから。別の意味もありそうですね」

水茶屋とは湯茶を出してくれるお店であり、男女が逢引《あいびき》する座敷《ざしき》も提供してくれる。つまり水茶屋で一夜を過ごし、早朝に蓮の花を二人で眺めたい、ってか？

「ふふふっ、さり気なく下心を忍ばせるとは。なかなかの手練《てだ》れね」

「姫、顔が赤いですよ」

恋の初めに手紙や歌を送るのは常套《じょうとう》手段。内容だけではなく、字の美醜や癖なんかから相手の姿を探る。向こうも当然それが分かっているから、それ相応に装飾してくるはず。それに騙《だま》されないよう、真実を炙《あぶ》り出す。恋の駆け引きというやつだ。

本来なら何度か手紙のやり取りをして、女が気に入ったら、では会いましょうとなる。それをいきなり会いたいとは、余程あたしに惚《ほ》れているとみた。

悪い気はしない。

遊び人かもしれませんね、と言いながらお福が煙草入れを取り上げる。

「結構、高価な物に見えるけど、その煙草入れにはどんな意味があるの？」

初めて見た時から思っていた疑問を口にする。手紙を寄こすのは分かる。だが、煙草入れまで袖に入れたのは何故だろう？

「まあ、普通に考えれば大切な物を預けるから届けに、会いに来て下さいって事でしょうね。本気の証明とでも言いましょうか」

「なるほど。じゃあ、普通に考えなかったら？」

「それは――」

三日後の早朝、あたしは店を抜け出し不忍池に向かった。手にはしっかりと煙草入れと歌の書かれた紙が握られている。

凍える程に冷たい朝の空気も、火照る頬には心地いい。吐く息が白くけぶる。

（一体、どんな奴だろう？）

いつになく緊張していた。胸のうちでは心の臓がどぎつく高鳴っている。

夜も明けきらぬうちに家を飛び出し、名も知らぬ男に会いに行く。

（まるで色物語の一場面のようじゃないか）

自然と口元は緩むし、どうしても歩調は速くなる。

千里の道も何のその、あっという間に不忍池。

辺りを見回せば、早朝の割に人の姿がちらほら。さて、ここに居る幾人が逢瀬《おうせ》の待ち人か。とりあえず池の周りをゆっくりと歩き出す。前を男女の二人づれが歩いている。つい良からぬ想像をしてしまう。

「もし、娘さん」

「きゃん！」

不意に背後から声を掛けられたので、思わず声が出てしまった。前を歩いていた二人づれが、何事かとこちらを見ている。うわ、恥ずかしい。危うく飛び出しそうになる心の臓を胸に収め、呼吸を整えて振り返る。

後ろに立っていたのは背が高く、すらりとした若い男。色白のやさ男で芝居に出てくる若衆のようだが、匂うような色気がある。黒縮緬《ちりめん》の頭巾に色柄を揃《そろ》えた羽織《はおり》と小袖、明るい色味の帯には煙草入れが下がっている。これは――、

「よし、いい男！」

つい胸の前で拳を握ってしまった。

「あ、あの」

「はい、あたしに何か御用で？　もしかしてこの煙草入れの持ち主さまですか？」

驚いた様子の男を尻目に、あたしは一瞬で猫を被《かぶ》り、科《しな》を作って答える。その様子に安心したのか、ほっと表情を崩す。

「そうです。良かった、来てくれたんですね。どうか非礼をお許し下さい」

「非礼だなんて。でも、どうしてこんな事をなさったんです？」

世の中には分かっていても、あえて尋ねなければならない事もある。

「あなた様を、そう、あの寺で初めてお見かけした時に心を奪われました。それ以来、あの寺に通いつめ、ただあなた様を見てはため息をつく毎日。そしてついに自分の気持ちを抑えきることが出来なくなり、このような事を――」

男の手があたしの持つ煙草入れに伸びる。

「まあ、そんな戯言を」

さり気なく煙草入れを背中に隠す。悪戯《いたずら》な笑みを浮かべ、焦《じ》らすような態度で。

男は苦笑いを浮かべる。

「戯言などではありません。私は本気なのです。どれ程恋し焦がれてきた事か」

おっ、と思う間に抱き寄せられた。なかなか大胆な奴。

「いけません、人目が」

背中に回される腕を嫌うように、左手で煙草入れを持ったまま、右手で相手の胸をついて逃れる。形ばかりの事だが、拒絶された男はわずかに顔色を変えた。ぐっと身を乗り出し、顔を近づけてくる。

「では、まずお返事を、お気持ちをお聞かせ下さい。ダメだと仰《おっしゃ》るなら、大人しく引き下がります」

「気持ち？　分かりました。あたしの気持ち、しかとお受け取り下さい！」


バチン！


早朝、人も疎《まば》らな不忍池に小気味のいい音は高らかに響いた。

迷いなく振り抜いた右手に痺《しび》れるような痛み。だが、心は爽快。溜《た》まっていた鬱憤がすーっと吹き飛んでいく。

一方、自分の左頬を押さえ、唖然《あぜん》と佇《たたず》むやさ男。何が起こったのか理解出来ていない様子だったが、やがて綺麗《きれい》な顔が憤怒《ふんぬ》の表情を浮かべる。ようやく叩《たた》かれた事に気付いたらしい。

「この女、なにしやがる！」

先程まで甘い言葉を囁《ささや》いていたとは思えぬドスの効いた声。

「はん、正体を現したわね。あんたが恋焦がれていたのは、この煙草入れでしょ？」

左手に持った煙草入れを突き出すと、男の目が微《かす》かに泳ぐ。

「な、何を言ってやがる。それは俺の煙草入れだ！　さっさと返しやがれ！」

「嫌よ。そもそもこれはあんたの物じゃない、あんたが掏《す》った物でしょ。ねえ、掏摸師《すりし》さん？」

ギョッと目が見開かれ、顔色は一気に青ざめる。図星のようだ。

「あんたの手口はこうよ。人の多い境内で掏摸を働き、それをすぐに手頃な娘の袖に恋文と共に押し込む。盗品が手元になければ、あらためられても心配がない。あとは指定した場所と日時に、娘が盗品を運んできてくれるって算段ね」

娘は知らぬ間に運び屋をやらされているってわけだ。

「くそっ！　てめぇ、許さねえ！」

「それはこっちの台詞《せりふ》よ！　女の恋心を犯罪に利用しやがって！　奉行所には通報済みだから逃げても無駄よ。神妙にお縄につきな！」

泡を喰《く》ったのは男の方。役人が隠れているとでも思ったのか、慌てて周囲を見回し、一目散に逃げ出す。覚えてやがれ、と律義に捨て台詞を残して。

「姫、大丈夫でしたか？」

すぐ前を歩いていた二人づれの一人が声を掛けてくる。お福だ。

「ええ、大丈夫よ。それより、逃げたあいつ捕まえられるの？」

「心配ありません。後をつけさせていますし、住処《すみか》も割れていますから。ねえ、旦那？」

お福が促すと、連れの男が大きく頷《うなず》く。そしてゆっくりと掏摸男が逃げた方へと歩いて行ってしまった。

「あれは誰？　十手持ち？」

「いいえ。掏摸の元締めです」

何でもない事のようにお福は応えるが、あたしは目を瞬《しばたた》く。

「掏摸の元締め？　そんなのがいるの？」

「あら、ご存じありませんでした？　江戸には一万以上の掏摸がいると言われていますが、それぞれの縄張りがあり、それぞれに元締めがいます。決して、好き勝手に仕事をすることは出来ません」

「じゃあ、さっきの掏摸は？」

「上方からの流れ者らしいです。随分と派手にやってたみたいで、場を荒らされた元締めはご立腹。躍起になって探していたようで、話を持って行ったら大変喜ばれました。きつくお灸《きゅう》を据えられる事でしょうね」

思わず首を竦《すく》める。きっとお灸なんてもんじゃ済まないだろうな、と少しだけあの男に同情する。怖い怖い。

それにしても、なぜ掏摸の元締めを知っているのか。お福の不思議が、また一つ増えた。

「何はともあれ一件落着ね」

「何が一件落着ですか。面と身元が分かった段階で、あとは任せればいいものを。わざわざ会いたいだなんて、襲われたらどうする気だったんですか？　本当に無茶が過ぎます」

珍しくお福に怒られた。

「ごめんなさい」

これに関しては心配かけたあたしが悪い。だから、素直に謝る。

「どうしても会ってみたかったの、初めて貰《もら》った恋文だったから。それに掏摸でもひょっとしたら、もしかしたら本当に惚れているかも、なんて思ったりして」

惚れたお前のために足を洗うよ、なんて甘い言葉を期待していたのかもしれない。

「姫は、ごく稀《まれ》に女の子らしい事を言いますよね」

「ちょいとお福さん。その言い方だとまるであたしが、普段女の子らしくないみたいに聞こえるんだけど?」

「はい、そのように申し上げております」

申し上げているのかい!　苦笑。

「で、どこで覚めました?　甘い期待から」

「寺であたしを見た、というあいつの言葉聞いた時、かな」

あの男は寺に通うあたしをいつも見ていたと言った。信心深い娘が毎日寺に通っているとでも思ったのだろう。生憎《あいにく》とあたしがあの寺に行ったのは初めて。おまけにあの野郎、腰には煙草《たばこ》入れをぶら下げていた。大切な品を預けた、と言いたいならせめて空手で来い。

その時点であたしの期待は、恋は終わった。

「よく見ていましたね。さすがです」

「いえいえ、すべて師匠の教えのお陰です」

褒められたから、素知らぬ顔して喜ぶ。

「お福の方は、どうやってあいつの身元を割り出したの？」

「あの方法だと盗むのは、煙草入れや簪《かんざし》、櫛《くし》なんかでないと成立しません。さすがに他人の財布なんか入れられたら、怪しみますからね。なので金を得るには盗品をさばく必要がある。そのあたりから調べたら、あの男に行き当たったというわけです」

なるほど、さすが我が師匠。あたしはいたく感心した。

それにしても――、

「他人を悲しませても金を得たい。そう思う気持ちが、あたしには分からないなあ」

「分からなくていいです、そんな気持ちなんて。知らなきゃならない事は、他にたくさんあるのですから」

知らぬ間に零《こぼ》れた呟《つぶや》きに、お福が答えをくれる。

「目に見えるもの、表に出ているものだけが、全てではありません。言葉の裏、心の内、人はいろんな所に大切なものを隠します。いい事も、悪い事も。仕方ありません。全てをさらけ出せる程、人は強くありませんから。疑えと言っているわけではありません。暴けと言っているわけでもありません。ただ、気付いてあげてほしいのです。時に本人さえ気づかず隠した大切な事に」

それだけ言うと、優しい目があたしを見る。そしていつものように微笑《ほほえ》んでくれた。

「あたし、大人になったらお福を崇《あが》め奉るよ、世の平和の為《ため》に。お福大明神さまって」

「ええ、せいぜい盛大に崇めて下さい。楽しみにしています」

声を上げて笑い合う。でも、あたしは結構本気だ。

「ねえ、お福」

「なんですか？」

「あたしもお福のように、一人で生きていけるかしら？」

もし丸屋に居場所がなくなったら、自分で花火屋を立ち上げよう。最初は裏長屋の一部屋から始めて、いずれは日ノ本一の花火屋にするのだ、このあたしの腕で。そんな夢もいい気がしてきた。

「姫には無理です」

なのに、にべもなく断言された。

出来ないと言われると面白くない。頰を膨らませて問い返す。

「どうして？　お福みたいに出来る女じゃないから？」

我が師匠は笑って手を振る。

「いいえ。姫は充分に優秀ですよ。そこらの男なんかに負けない度胸もあります」

「じゃあ、なんでよ」

憤るあたしに、柔らかな笑みが向けられる。

「姫は、寂しがり屋ですから」

そのまま振り向く事もなく歩き出す。

非常に珍しい事だが、お福の言い分に、あたしはまったく納得がいかなかった。

「ええっ、そんな事ない！　絶対にない！」

「ただ、姫は破れ鍋《なべ》。ぴったりの綴蓋《とじぶた》を見つけるには難儀するでしょうね」

「誰が破《わ》れ鍋だ！」

追いすがり激しく抗議したが、お福は笑うばかりで取り合ってくれない。

こうなりゃ意地だ。

「あたし、お福の隠しているものに気付いちゃった」

足を止め、振り返ったお福。その顔は、お手並み拝見とでも言いたげだ。

「一人で生きていくってお福は言ってた。でも、お福は一人じゃない。誰よりも人が好きで、人を愛してる。お福はたくさんの人との繋《つな》がりの中で生きているんだよね」

一瞬だけ、稀なものを見た。驚いた様子のお福。

「そうかもしれませんね」

少しだけほころびた口元。どうやら初めて師匠から一本とれた。

得意になるあたしに、

「それよりいいんですか？　早く帰らないと、店を抜け出した事が奥さまに知れますよ」

「うっ、掏摸より何より、うちの鬼が怖い」

やっぱりお福には敵《かな》わない。


その年いっぱいでお福は暇《いとま》を乞い、丸屋を去っていった。

それでも思い出したように手紙が届く。火事の後には随分と長い手紙も貰った。店の後始末や、住む場所の確保、頼るべき人……何処《どこ》までも行き届いた内容は、如何《いか》にもお福らしかった。


「あけましておめでとうございます」

「はい、おめでとうございます」

年が明けた。

ハルと向き合って、新年の挨拶を交わす。あらたまっての態度に、何やら可笑《おか》しさが込み上げてきた。

雑煮を食べ、一息ついたところで二人揃《そろ》って恵方詣りへ出掛ける事に。

歳徳神《としとくじん》さまは毎年居場所を変える。今年は北北東の方角。おシノちゃんも誘ったが、夜明け前に済ませてきたとの事。本来は夜明け前に詣でるものなのだが、いろいろ——主に借金取りから逃げ回るため——忙《せわ》しないので、今年も夜が明けてからになってしまった。

ゆっくりと年を越せる人が羨ましい。

「おタキさんは、まあ無理ですよね？」

「愚問ですね。あいつがあたし達より落ち着いて年を越せるわけがありません。借金取りから逃れるため、品川《しながわ》辺りまで行っているんじゃないでしょうかね」

ちなみに大晦日《おおみそか》の掛け取りも夜明けまで。夜が明ければ新年。借金の催促さえ延びる！

さすがに初詣は凄《すご》い人出で、神前にたどり着くまで、寒空の下でかなり待たされた。ようやくの思いでたどり着いた時には、体の芯から凍えていた。

気を取り直して賽銭《さいせん》を入れ、手を合わせる。賽銭分はきっちりと願いを叶《かな》えて頂きたいものだ。

「おソラさんは、何をお願いされたんですか？」

帰り道、並んで歩くハルが尋ねる。

「あたしの願いですか？　今年一年の無事と丸屋再建、それから——」

チラリと、ハルの顔を見る。一瞬、遠い昔の出来事を思い出す。

「日ノ本一の花火職人になれるように。そう願いました」

「なるほど」

うんうん、とハルは頷《うなず》く。

「大それた、願いでしょう。可笑しいですか？」

問いかけたあたしに、ハルはきょとんとした顔。それからパッと笑顔が弾《はじ》けた。

「いいえ、おソラさんに相応《ふさわ》しい願いだと思います」

喜びが、じわりと胸に広がった。不覚にも泣きそうになり、慌てて顔を背ける。

「は、ハルさんは、何を願われたんです？」

「おら？　おらはおソラさんやみんなと楽しく一年を過ごせるように。それから――天下一の花火職人になりたい、そう願いました」

「なっ⁉」

顔を上げ、ハルの顔を見る。何か言おうにも、驚きで言葉が出てこない。絶句。涙なんて、どっか吹っ飛んでしまった。

「可笑しいですか？」

小首を傾《かし》げるハル。

頭に血の上ったあたしは、ハルの手を取り、踵《きびす》を返《かえ》す。

「えっ、おソラさん？　どこ行くんです？　もうお参りは済みましたよ？」

「もう一回お願いし直してきます！」

「えっ、なんで？」

そんなの決まっている。あたしが日ノ本一で、ハルは天下一。あたしより上とは何事だ！

「あたしは三千世界一、いや六道一の花火師になってみせます！」

「ええっ、それ冥界ですよ⁉」

絶対、負けないんだから！


帰ったらお福に手紙を書こう。

筆まめでないあたしの手紙はいつも短い。今回も書く事は二つだけ。

毎日が呆《あき》れる程に楽しい事、それからぴったりの綴蓋を見つけた事。それだけ、それだけでいい。

きっとお福は笑ってくれる。

第五章【雨過天晴】

花火と桜は似ている。

どちらもパッと咲いて、パッと散る。花火と桜が昔から広く愛されてきたのは、その潔さがこの国の気質に合っていたからだろう。

気が短い事で有名な江戸《えど》っ子《こ》も、例に漏れず桜が大好きだ。だから江戸にも桜の見所は多い。上野《うえの》、墨堤《ぼくてい》、王子《おうじ》の飛鳥山《あすかやま》、品川《しながわ》まで足を延ばせば御殿山《ごてんやま》がある。いま名所と呼ばれる場所の多くは、八代将軍吉宗《よしむね》公が桜を移植し、整備したのだとか。将軍さまもなかなか粋な事をなさる。

春の匂いはどこか甘い。今年もどこからか風が甘い匂いを運んでくるようになった。春はもうすぐそこ。

弥生（三月）に入ると、江戸の町全体がそわそわしだす。桜が咲き始めるからだ。

桜が咲いたとなれば花見だ。春の花見と夏の花火は欠かせない。

これを楽しみにしている者は多い。何しろ花見になれば酒が飲める。ご馳走《ちそう》が食える。

だから蕾《つぼみ》が膨らみ出すと、長屋の男共は落ち着きがなくなる。毎日様子を見に行っては、花は咲いたか？　見頃はいつだ？　そんな話で盛り上がっている。気の早い奴になると、もう茣蓙《ござ》を担いで花見に行こうとする。笑い話だが、毎年必ず何人か出てくるらしい。困ったものだ。

困るといえばうちのハル。そんな花より団子連中の陽気に当てられて一緒に盛り上がっている。ちなみにハルは下戸。困ったものである。

まったく男共は単純でいい。その点、女は大変だ。

なにしろ花見と花火は女の見せ場、着飾り所。

桜が咲く一か月は前から、今年は何を着る？　髷《まげ》はどうする？　化粧は？　などと準備に余念がない。もちろんあたしもおシノちゃんと損料屋（レンタルショップ）に連日足を運び、あれやこれやと話し込み、家に帰れば貸本屋から借りてきた『都風俗化粧伝《みやこふうぞくけわいでん》』はじめ化粧指南書とにらめっこ。着ていく物だけじゃない。当日までに米ぬかを使って隅々まで肌を磨き上げる。入念な顔剃《そ》りも必要だ。髪結《かみゆい》も頼まなくては。

兎《と》に角《かく》、女は大変なのだ。

そんなこんなで弥生も半ば、待ちに待った花見の日。

今年は冬将軍が長く居座ったせいで、桜の開花が遅れ、随分とジリジリする思いをさせられた。その分、喜びも一入《ひとしお》だ。

「みんな揃ったね。それじゃあ、行きますよ」

大家のご隠居を先頭に長屋の連中がぞろぞろと歩き出す。いつもは大家を見れば——主に店賃《たなちん》滞納と長話を恐れて——逃げ出す店子《たなこ》連中も、今日ばかりは全員顔を揃えている。なにしろ花見重や酒は大家さんが用意してくれる。ただ酒に、ただ飯が食えるのだ。年中金に困っている連中が、集まらない訳がない。

しかもいつもはしみったれた大家さんが、こういう時は馬鹿に気前がいい。タキによれば長屋の評判を少しでも改善させたいがためらしいが、地の底まで堕《お》ちた評判が上がるとは到底思えない。

何はともあれ大家様様だ。今日ばかりは古狐《ふるぎつね》も仏さまに見える。思わず拝むと、まだ死んでない、と怒られた。

ここぞとばかりに着飾るのはみんな同じ。『おくれ坊や』こと健坊《けんぼう》も、今日は背中に紋の入った袷《あわせ》姿が決まっている。

中でも一等目立つのは、やはりおシノちゃん。島田髷に房飾り付きの花簪《はなかんざし》、紫地に網目文様と波千鳥の振袖、帯は花唐草文様ときたもんだ。気合が入っている。

男の視線を釘付《くぎづ》けにするおシノちゃんと対照的なのがタキ。弁慶縞《じま》の小袖に麻柄の紅《あか》い帯、股引《ももひき》には釘抜《くぎぬ》き繋《つな》ぎを染め出して女伊達《だて》の粋な姿。行き交う娘達にきゃあきゃあ言われている。つくづくなぜ男に生まれてこなかったのかと、本人に代わって嘆いておく。

斯《か》くいうあたしは、小紋地に桜花の形染小袖、昼夜帯を路考結びにしてキリッと決めた。目の際に生臙脂《しょうえんじ》など入れて、さり気なく色っぽさも醸し出す。

「どうです?」

真っ先にハルに見せてやると、目を白黒させるやら、顔を真っ赤にするやら。その反応に大変満足する。

ちなみにハルの方は細い縞《しま》の小袖に黒の帯。その出来にも、あたしは満足する。それなりの格好をさせれば、うちの旦那だってそれなりに見えるのだ。

足取りも軽く、いざ戦場(花見)へと繰り出す。

向かったのは向島《むこうじま》。大川《おおかわ》を挟んで堤に並んだ桜を楽しめる。

花は見頃で、陽気はいいとくれば、人出もかなりのものだ。何とか場所を見つけて茣蓙を広げる。

「さあさあ、酒も肴《さかな》もたくさんある。今日は無礼講だ。大いに食って、飲んで、騒いでおくれ。普段は『わけあり長屋』なんて陰口叩《たた》かれているが、大に騒いで見返してやろうじゃないか！　さあ、飲んだ飲んだ！」

「どうしたの、大家さん？　今年はやけに大盤振る舞いじゃない？」

機嫌がいいのは結構だが、良過ぎるとあとの反動が怖い。

すると、タキがすっとやって来て耳元で囁《ささや》く。

「なんでも大家の爺様《じいさま》、仲介した大店《おおだな》の娘さんの縁談が上手《うま》くまとまったんだってよ。それで仲介料ががっぽり入ってきたんだと」

「なるほど。だから上機嫌なのね」

縁談がまとまると仲介人には、娘の持参金の一割が仲介料として支払われる。なかなかおいしい商売だ。

何はともあれ、美味《うま》い物を喰《く》えるに越した事はない。そして早い者勝ちは世の常。一斉に花見重に箸がのびる。皆が押し合いへし合いする中、ふと見れば、ハルが箸と皿を持って所在なげ。皿の上には何も載っていない。どうやら料理にありつけないでいるらしい。

相変わらずの要領の悪さだ。

はあ、とため息を一つ。

「ハルさん、お皿貸して下さい。取ってあげます」

有無を言わさず皿を取り上げると、重箱の料理を見繕ってやる。

「あの、おソラさん、出来れば――」

「卵焼きとかまぼこですね。大丈夫です、ハルさんの好きな物は分かってますから」

「あ、ありがとうございます」

卵焼きとかまぼこはハルの好物。もちろんうちでは滅多に食べられないが。

「ハルさんの好きな物は分かってますから、だって。おうおう、見せつけてくれるじゃねえか。なんだよ、すっかり夫婦しているじゃねえか」

「そりゃあそうよ、なんだかんだ言ってもう半年以上夫婦をやってるんだから」

タキが肩に腕を回し、おシノちゃんは身を寄せてくる。どうやら酒のつまみが足りないらしい。これだから酔っ払いは。

「本当に。初めに話を聞いた時は、随分と心配したもんだよ。なにしろ離縁なんて事になったら、長屋の評判に関わるからね」

大家さんまで入って来た。そんなに心配しなくても、うちの長屋の評判なんて、これ以上落ちようがない。

「まあ、あとは子供だねえ。二人とも夜の――」

「わあわあわあ!」

本当に勘弁してほしい。

料理は美味いし、酒は下り物。陽気は穏やかで、花は香る。酔いが回れば、いい心持ちになってくる。そうなるとあとは箍《たが》が外れるだけ。

寝っ転がって大鼾《いびき》かき出す者、飲み過ぎて吐く者、若い娘をみれば見合いを進めてまわる大家。タキは隣の酔客と喧嘩《けんか》になったかと思うと、止める間もなく今度は肩を組んで酒を飲み出す。おシノちゃんは持参した三味線を爪弾《つまび》きながら小唄なんぞ唄う。とても美しいのだが、内容が些《いささ》か官能的過ぎて子供達退避。あと唄に合わせて踊る褌《ふんどし》一丁の男共が見苦しい。

気付けばうちの長屋が陣取る一帯だけが阿鼻叫喚《あびきょうかん》の地獄絵図。

そんな中、あたしはといえば——。

「いいですかハルさん、あなたは何でいっつも、はっきりしないかねえ、ひっく! いいかい、男だったらねえ、決める所はビシッと決めなさい! うぃっく! 分かった?」

「すみません」

「何謝ってるのよ! あたしは怒ってるんじゃないんれす! ただですねえ——」

酔った挙句に、ハルを捕まえて説教を垂れていた、らしい。すべて後日に聞かされた事で、本人は記憶も自覚も何もない。

「だから駄目なんですよ、ハルさんは！　って、聞いてます？」

「はいはい、聞いてますよ」

「ならよろしい。って、あれ？　なんであたし、宙に浮いてるんでしょうねえ？　足を動かしていないのに、景色は流れていく。不思議ですねえ」

「それは、おらが背負っているからですよ」

「な〜んだ、そうかそうか！　あはははっ！」

ペシペシと目の前の頭を叩いた記憶は、ない。

「上機嫌ですね、おソラさん。花見は楽しいですね。来年もみんなで来ましょうね」

「うん」

この辺で瞼《まぶた》が重くて、重くて……。

「う〜ん」

翌朝、あたしは床から起き上がれなかった。頭が激しく痛む。頭の中で坊さんが乱暴に鐘を叩く。胃はむかむかと渦巻き、気持ちが悪く、吐き気がする。

要するに二日酔いだ。

「大丈夫ですか？」

「これが大丈夫に見えるなら、世の医者はさぞや儲《もう》からない事でしょうね」

「なるほど。とりあえず大丈夫そうですね」

どういう見立てだ！　と思ったが、頭が痛いので黙っておく。

二日酔いになるたび思う事だが、もう酒は飲まないとその場限りの決意を心に誓う。

「昨日は随分と飲まれていましたからね。何か欲しい物でもありますか？」

「み、水と桶《おけ》」

吐く気満々ですね、と笑われた。まさかハルにまで馬鹿にされるとは、不貞腐《ふてくさ》れてそっぽを向く。

「まあ今日は無理しないで、一日ゆっくり休んで下さい」

動いた時にずれた夜着が、そっと掛け直される。

「あっ、そういえば干し柿を割いて、臍《へそ》に貼ると二日酔いに効果があるらしいですよ」

「誰がそんな迷信を信じるんです？」

ハルは笑いながら半纏《はんてん》を着、背中に幟《のぼり》旗を指し、仕事に出掛ける準備を始めた。いつの間にか板に付いたその姿をじっと見つめる。

「ハルさん」

「はい？」

「今日は夕方前から雨が降ります」

「えっ、こんなに晴れているのにですか？」

不思議そうに首を傾《かし》げるハル。頬が熱い。

「降ると言ったら降るんです！　雨も降るし、雪も降るし、槍《やり》も降ります！」

反対側に寝返り、夜着の中に顔を埋める。

「だから、早く帰って来て下さい」

火が出る程顔が熱い。見えていないのに、ハルが目を丸くしているのが分かる。そしてそれから優しく微笑《ほほえ》むのも。

「はい！　じゃあ、行ってきますね」

ハルが仕事に出掛けて行くのを、あたしは背中で見送った。

一人になると、部屋は静かだ。頭はまだ痛む。

二日酔いは嫌だが、誰かに優しくされるのはいいものだ。月に一、二度は寝込んでみるかと真剣に思案する。とりあえず今日一日を寝て過ごす決意を、あたしは固めた。

「お～いソラ、生きてるか？」

「大丈夫、おソラちゃん？」

うとうと微睡《まどろ》んでいると、聞きなれた声が耳に入ってきた。

「ああ、タキにおシノちゃん。どうしたの？」

とりあえず体を起こす。頭はまだ痛むが、幾らかはマシになった気がする。少なくとも頭の中の坊さんが鐘を叩く事はなくなった。

「どうしたもこうしたもねえよ。いつもの刻限になっても出て来ねえから、心配してたんだぞ。そしたら二日酔いだって？」

ニヤニヤと笑うタキ。いやな笑顔だ。

「どうしてそれを？」

「朝方、出掛けるハルさんとばったり会ったのよ。そしたらおソラちゃんが二日酔いで寝込んでるって言うじゃない」

よ、余計な事を。

「なあハルの奴、鍋を頭に被《かぶ》って出掛けて行ったけど。ありゃ、何のまじないだ？」

「……今日、夕暮れ前に槍が降るからよ」

「あん？」

「なんでもない。それより二人は大丈夫なの？　あたしより随分と飲んでたじゃない？」

「あのくらい、なんてこたねえよ」

「身の程をわきまえて飲んでますから」

余裕の微笑みに、募るは敗北感。く、悔しい。

「最初話を聞いた時はびっくりしたんだぜ。ハルがあんまりに心配してるから、一体何事かと思ってな。でも、よくよく話を聞いたら二日酔いだって言うじゃねえか。笑ったぜ」

「あの人……。ハルさんは何事もそうなのよ、心配性で大袈裟《おおげさ》。まったく迷惑するわ」

「優しいだけよ、ハルさんは。花見の時もそうだったじゃない」

優しい、か。物は実に言いようだ。

「記憶がないんだけど、ハルさん、花見の時に何かやらかしたの？」

タキとおシノちゃんが顔を見合わす。どうやら何かあったのは間違いなさそうだ。別の意味で頭が痛む。

「ソラは途中で潰れちまったから知らねえだろうけど、大変だったんだぜ。最後にはうちの長屋の連中全員へべれけの役立たずだろ。だから唯一飲んでなかったハルが後片付けから、子供の世話、果ては酔っ払いの送り届けまで一人でやってくれたんだ」

「他の花見客の世話までしてたもんね、ハルさん。まあただ、迷子を見つけては一緒におろおろし、喧嘩の仲裁に入っては殴られ、酔っ払いを介抱しては小言を聞かされ。上手《うま》くいっているとは、言えなかったけどね」

思い出したのか、くすくすと笑うおシノちゃん。

記憶はないのに、その光景がありありと思い浮かべられてしまう。

「あの人は、どうしてそんな厄介事ばかり拾ってくるのか――」

「最後の酔っ払いの件は、ソラ自身も含まれるけどな」

「……」

言葉もない。

「まあ、何はともあれ労《いたわ》ってやれよ。大変だったのも、お前が迷惑かけたのも事実なんだから」

「考えておく」

あとはいつものように三人で無駄話に花を咲かせた。話題はタキが持ってきた番付表。なんの番付かといえば『古今東西のいい男』。

江戸では定期的にこのような番付表が出回る。なにしろ格付けが大好き。お題も様々。江戸の名所や役者、店の格付けなど定番物から、節約おかずやいらない物なんて奇をてらう物もある。中には良妻・悪妻なんてのまで。

格好の話の種だ。

夢中で話し込んでいるさなか、ふっとタキが何かに目を留める。

「あん、何だこれ？　干し柿か？　ソラの喰《く》いかけ？」

「……ま、まあね」

さり気なく着物の下の臍を隠す。


しっかり眠ったせいか、夕方前には頭の痛みも治まり、床から起き出す。まさかとは思うが、干し柿の効果だろうか？

もうすぐハルが帰ってくる頃なので、夕飯の用意をしておく。用意といっても、煮炊き屋からおかずを買うだけ。普段は一品のところ、本日は『むき身切干《きりぼし》』と『叩《たた》き牛蒡《ごぼう》』の二品。あたしが食べたかったのが一番だが、多少のお礼も込めて思い切ってみた。

「ただいま帰りました」

飯の用意が整ったところに、折よくハルが帰って来た。いつもより少し早い帰宅。

「あら、お帰りなさ――」

部屋に入って来たハルの姿を見て、びっくり。

「どうしたんですか、その格好!?　全身びしょ濡《ぬ》れじゃないですか？」

頭の先から足の先までずぶ濡れ。ちなみに本日快晴、雨なんて一滴も降らなかった。かといって、春とはいえ水はまだ冷たいこの季節、水浴びをして来たとも考え難《にく》い。

「いや～、実はその先にある橋の上を通りかかったら、物憂げに川面《かわも》を見つめている人がいるじゃないですか。何やら思いつめた表情が気になって様子を見ていたら、いきなり欄干を飛び越えようとする。すわ一大事、身投げだ！　慌てて駆け寄り引き留めたまでは良かったんですが……」

「あなたが代わりに川へ落ちたんですね？」

「はい」

頭痛がぶり返してくる。

「もうあんまり無茶しないで下さい。って言うか、よく助かりましたね？」

「ええ、思っていたより浅い川だったので。それに泳ぎは得意ですし」

「そうですか。とにかく無事で何よりです。さあ、濡れた体を拭いて下さい。それから着替えも」

あたしは急いで体を拭く物と新しい着替えを用意する。いくら暖かくなってきたとはいえ、このままでは風邪を引いてしまう。風邪を引いて、医者なんて呼ぶ事になったら大変だ。金銭的に。

「それより大変なんです、おソラさん。おら、とんでもない間違いをしていました」

「これ以上、大変な事があるんですか？」

「実は朝言ってた干し柿ですけどね、二日酔いになってから貼っても効果がないそうです。お酒を飲む前に臍に貼らないと――」

「はいはい、分かりましたから大人しくしていて下さい」

頭から乾いた手ぬぐいを掛け、わしゃわしゃと髪を拭いてやる。何が干し柿だ、と笑いながら。

「おソラ」

不意に名前を呼ばれ、振り向けば入り口に佇《たたず》む人影。顔は見えないが、声には聞き覚えがある気がする。

「どちら様です？」

「私だよ」

部屋に入って来たその人を見た瞬間、心の臓が大きく跳ねた。

「あっ、こちら先程身投げしようとなさった重吉《じゅうきち》さんです。って、あれ？　おソラさんどうしました？　おソラさん？」

隣で話しかけてくるハルの声が、あたしにはやけに遠くに聞こえていた。

江戸の町には橋が多い。

それというのも川や水路が渦を描くように張り巡らされているからだ。頭のいいお偉方が防衛や交通の便などを考えて、この江戸という町を作った。その結果なのだろうが、詳しい事は分からない。ただ橋は不思議なものだ。こちらからあちらへ、あちらからこちらへ架け渡すもの。橋がなければ、どちらにも渡れぬ。

夕暮れが迫る名もない橋の上で、あたしは通り過ぎる人の流れを見ていた。家路を急ぐ者、これから飲みに繰り出す者、様々な事情を抱えた人々が橋の上を通り過ぎていく。

人の流れの中、あたしだけがここに留まっている。寄り添うように立つ重吉さんと共に。

「お久しぶりですね、重吉さん」

「ああ、久しぶりだね、おソラ。別れ話をして以来だ。元気だったかい?」

そういえば、別れ話をしたのもこの橋の上だった。

この重吉さんが、タキの言う年下の若旦那。つまりしばらく前まであたしといい仲だった相手だ。

「ええ、元気ですよ。重吉さんは、って身投げしようとした人に聞く事じゃないですね」

途中で気が付いて笑ってしまった。

「笑うなんて酷《ひど》いじゃないか。仮にも死のうとした人間だよ。優しい言葉の一つでも掛けてくれたって罰は当たらないだろ?」

「本気で死のうなんて考える人が、こんな浅い川を選んだりするものですか。しかも夕暮れの人通りの多い時間帯に」

大方、誰かが止めてくれるのを見越しての事だろう。昔から、そういう計算の立つ人だった。強《したた》かというか、計算高いというか。

ただ計算外だったのは、助けに入ったのが、まさか代わりに橋から落ちるような間抜けだった事。

「やれやれ、おソラには敵《かな》わないなあ。何でもお見通しだ」

困ったように頭を掻《か》く。少し傾《かし》げた顔に夕日が当たる。相変わらず綺麗《きれい》な顔だ。思わず見惚《みほ》れてしまう、今も昔も。すらりとした長身に、長めの黒羽織《くろばおり》がよく似合っている。

「それで一体何があったんです?」

「うん、実はねえ」

予想していたが、やはり言い難い事らしく何度も口籠る。焦らせず根気よく待ってやると、ようやくぽつりぽつりと話し出す。

「勘当された!?」

「こ、声が大きいよ、おソラ」

慌てて口を押さえる。あまりに予想外だったので、つい声が出てしまった。

「勘当されたって、錠屋《じょうや》をですか？　大旦那さまに？」

「もちろんだよ、それ以外どこがあるっていうんだい」

それはそうだ。錠屋というのは江戸最大の花火屋にして重吉さんの実家、大旦那さまとはお父上の事。ちなみに勘当とは主従、師弟、そして親子がその縁を切って追放する事。

つまり重吉さんは大旦那さまに親子の縁を切られ、錠屋から追放されたというのだ。はっきり言って大事だ。

「大旦那さまは奉行所に届け出られたんですか？」

勘当には公式と非公式のものがある。公式なものになると奉行所に届け出て、人別帳（戸籍）から除外してもらう。これは完全な縁切りで、その後にその者がどんな罪を犯そうと、どれ程借金を作ろうと、連帯責任を問われる事はない。

「いや、流石《さすが》にそこまでは。内証《ないしょ》勘当だよ」

内証勘当、つまり内々の事で非公式なもの。

それを聞いて、一端、胸を撫《な》で下《お》ろす。内証勘当であれば、大旦那さまも本気ではない。放蕩《ほうとう》息子を懲らしめるためのもので、改心すれば戻る事が出来るはず。

「一体、何をしたんですか？」

「それがちょっとね」

どうにも歯切れが悪い。

「ここまで恥を晒《さら》したんです。いまさら何を躊躇《ためら》う事があります。はっきり言いなさい！」

つい年上の顔で叱りつける。昔からやりがちだったので、気を付けていたが悪い癖が出てしまった。

「実は少々、芳野《よしの》に入れ上げてしまって……」

ブチッと、あたしの中で何かが切れる音がした。

「それはそれは。あたしとは別れたのに、あの女とは続いていたんですね」

自分の声が一段、低くなるのが分かる。

芳野とは吉原《よしわら》の遊女。何の事はない女遊びが過ぎて親に勘当されたのだ。

この男、花火職人としての腕もいいし、頭も賢い。ついでに顔も良けりゃあ、形《なり》もいい。だからか、どうにも女癖が悪い。

あたしと付き合っていた時から、隠れて吉原通い。あの女に会いに行っていたのは知っていた。別に女遊びの一つや二つでめくじら立てようとは思わないが、あたしをほったらかしにして他の女に入れ上げるのは看過できない。何度か喧嘩《けんか》になったし、それが別れた原因の一つでもある。

「大旦那さまは人の出来た方だから、女遊びくらいでとやかくは言わないでしょう。大方、店のお金に手を付けたってところですか？」

「そ、そうなんだ。少しばかり、手を付けてしまって」

「少しってどれくらいです？」

重吉さんが口にした金額に、眩暈《めまい》を覚えた。そりゃあ、勘当もしたくなる。

「仕方がなかったんだ。芳野の遠縁の叔母が病気で、急に金が必要になったんだ」

「だから、そんなのはあの女狐《めぎつね》共の手練手管だって、何度も言ってるでしょう！」

大店《おおだな》の若旦那の例に漏れず、重吉さんも世間知らずなところがある。そのうえ金離れがいいときては海千山千の遊女にとっては格好の鴨《かも》。

それにしてもなぜ男というのは、こんな簡単に女の嘘《うそ》に引っ掛かるのか。一代で富を築いたり、歴史に名を刻むような賢《さか》しいはずの男さえそうなのだから、何とも不思議だ。

そこまで考えて、うちのハルは誰の嘘にも引っ掛かる事を思い出す。

「ごめん。あれよりはマシだわ」

「えっ、何？」

「いや、何でもないです。話はよく分かりました。だから、身投げ騒動を起こそうとしたんですね。騒動が上手《うま》く大旦那さまの耳に入れば、身投げする程に反省したのかと思ってもらえますもんね」

「そうなんだ。ところが変な奴が止めに入って、あろう事かそいつが川に落っこちるんだぜ？　信じられるか？」

そりゃあ、誰もがその間抜けの方に注目して、身投げしようとした奴の事なんて覚えてやしないだろう。思惑は外れてしまった。散々だ。

「そういう人なんです」

自然と笑ってしまった。

「そう言えばあの間抜け、おソラの所の下男か何かか？」

「旦那よ」

「えっ、おソラ、嫁入りしたのか？」

「婿を取ったの」

「えっ？」

「仮だけど」

「えっ？　えっ？」

「ただいま帰りました」

「ああっ、お帰りなさい」

重吉さんと別れて、家に戻ると箱膳がまだ出たまま。並べたおかずも手つかずだ。

「待っててくれたんですか？　先に食べててもらって構わなかったのに」

「一人で食べるより、おソラさんと一緒に食べた方が美味《おい》しいから」

どこまでも朗らかに笑うハル。

こういう時に、そんな顔するのは卑怯《ひきょう》だと思う。こちらが罪悪感を覚えずにはいられないから。

冷や飯にお茶を掛けて、二人向かい合って遅い夕食をとる。

「そう言えば、重吉さんはどうしたんです？」

心の臓が急に暴れ出す。

「ああっ、今日は友達の家に泊まるそうです」

「そうですか。身投げする程に思い詰めてましたけど、大丈夫だったんですかねえ？」

「大丈夫ですよ。自業自得の上の、自作自演ですから」

「えっ？」

「いえ、何でもないです」

誤魔化すように茶漬けを掻き込む。

「それにしてもおソラさんと重吉さんがお知り合いだったなんて、びっくりですね」

「ええまあ、そんな知り合いって程の知り合いでもないんですけどね。もともと丸屋《まるや》は錠屋から暖簾《のれんわ》分けですし、錠屋の主である重吉さんのお父上は、あたしの親父殿《おやじどの》の兄弟子でもあるんです」

何故《なぜ》か息苦しい。ハルの顔がまともに見れない。何故?

「そうなんですね。じゃあ重吉さんも花火職人なんですか?」

「ええ、そうです。なかなかの腕前で大旦那さまにも期待されていたんです」

「おお、凄《すご》いですね。おらも負けていられないですね」

のほほんと笑うハル。それは一体どういう意味だろう?

「そう言えば明日、少し出掛けます。帰りが遅くなるかもしれませんが、その時は待っていないで先に夕飯を食べてて下さい。何だったら外で食べてきてもいいですよ。お金渡しておきますから」

さり気なさを装って切り出したつもりだが、ハルは目を丸くする。何かおかしな事を言っただろうか?

「珍しい事もあるもんですね。ケチ、いや倹約家のおソラさんが外食してもいいだなんて。初めてじゃないですか」

「誰がケチですって？　兎《と》に角《かく》、江戸は外食も盛んです。鮨《すし》に天ぷら、蕎麦《そば》、鰻《うなぎ》、みんな屋台で食べれます。折角だから江戸の味を楽しんできて下さい。いいですね」

半ば強引にハルに銭を渡す。

別に悪い事をしている訳でもないのに、妙に心苦しい。一体誰に対して？


「おソラ、すまないねえ」

「まったく。今回限りにして下さい」

次の日の昼間、あたしは再び重吉さんと会っていた。別にやましい所で会っている訳じゃない。何しろ待ち合わせ場所は錠屋、重吉さんの実家の前なのだから。

「いや本当に助かるよ。うちの親父はおソラの事を気に入っていたから」

長身を折り曲げて、重吉さんは何度も頭を下げる。この調子の良さも、軽さも昔から変わらない。

頼まれたのは大旦那さまへの取りなし。何故あたしが、と思うが大旦那さまに気に入られていたのは事実だし、昔から年下の恋人に頼られるとどうにも断れない。つい甘やかしてしまう。犬猫と一緒だ。

それにハルのせいで計画が破綻した、もう家に帰れない、などと宣《のたま》わられては引き受けざるを得ないではないか。

「は〜あ、もう分かりましたから。さあ、行きますよ」

何年かぶりに錠屋の暖簾をくぐる。昔は親父殿に連れられて、よく来ていたものだ。

すぐに奥の部屋に通され、大旦那さまを待つ。暫《しばら》くすると障子が開き、恰幅《かっぷく》のいい男が入ってきた。

「おやおや、珍しいお客さんだね。ソラや、元気だったかい？」

「ご無沙汰しております、大旦那さま。大旦那さまもお変わりなく」

上座に座った大旦那さまに向かって頭を下げる。ちなみに重吉さんは、あたしの後ろに控え、息を潜めている。

「さあさあ、顔をお上げ。おおっ、しばらく見ないうちに一段と綺麗《きれい》になったね。見違えてしまったよ」

福々しいお顔に満面の笑みを浮かべ、いまにも手を取らんばかりに身を乗り出してくる。

相変わらず好々爺《こうこうや》といった風情だが、何を隠そうこの人こそ、江戸最大の花火師集団を束ねる頭目。要するに江戸一の花火師だ。

「相変わらずお上手ですね。お戯れはそのくらいに。実は今日お伺いいたしましたのは、大旦那さまにお願いがありまして――」

皆まで言うなとばかりに、右手を挙げて制された。

「まあまあ、そう焦らず。おい重吉、お前は外へ出ておいで」

一転、有無を言わさぬ迫力に、重吉さんは一も二もなくすっ飛んでいく。

「まったく情けない。灸《きゅう》を据えてやれば、少しは心意気を見せるかと思えばこのざまだ」

大旦那さまは太い首を振って嘆く。

「重吉さんはまだ若いですし、遊びたい盛りですから。この度の事で心を入れ替えるでしょうし、勘当を解いては頂けませんか。錠屋にとっても大事な跡取り息子ではありませんか。どうか許してやって下さい」

「いいや、許さん。跡も継がせない」

思いもかけぬ強い言葉に、あたしは驚く。

「では錠屋の跡取りは、どうされるんです?」

「重吉の姉に婿を取らせる。実はねえ、内々に話は進めている。相手は江戸でも指折りの花火職人。あいつが跡を取ってくれるなら錠屋は安心だ」

「ですが、そうなると重吉さんはどうなるんです?」

「その事なんだがね」

大きな体がじりっとにじり寄る。

「時に失火の件、返す返すも残念だったね。うちの店も競う相手がいないと張り合いがない。やはり江戸の花火は錠屋と丸屋、二軒並び立ってこそだと思うのだよ」

「有難《ありがた》いお言葉です」

いまさら二年近く前の失火の件を持ち出すなんて、一体どういうつもりだろうか？　何やら雲行きが怪しくなってきた。

「そこで相談なのだが、重吉に丸屋を継がせようと思う」

「えっ⁉　それはまさか——」

「重吉を丸屋へ婿入り、つまりはおソラの婿にしようと思ってね」

「……」

雲行きどころか、大嵐がやって来た。

「いや～、まさか父上がそんな事を考えているとはね。心配したが万事丸く収まったってわけだ。万々歳じゃないか。一度は諦めかけた縁談だが、こうして晴れておソラと夫婦になれるんだ。これが縁というもんかねえ。なあ、おソラ」

「えっ？」

「なんだい、聞いていなかったのかい？」

聞いていなかった。隣で重吉さんが喋《しゃべ》っているのは分かったが、意識が全然そちらに向いていかない。

「どうしたんだい、おソラらしくもない不安そうな顔して。何か心配事でもあるのかい？」

呑気《のんき》な物言いがあたしを苛立《いらだ》たせる。

「だから、昨日も言ったでしょ！　あたしには旦那がいるの。重婚は重罪よ。分かってるの？」

「なんだ、そんな事を心配していたのかい」

重吉さんはどこまでも余裕たっぷり。大旦那さまに会いに行く前とは大違いだ。

「そんな旦那とはさっさと離縁すればいい。聞いた限りだと、その旦那はソラが食わせてやっているようなもんだろ？　だったら離縁なんて簡単なもんじゃないか」

「そうだけど」

離縁状、いわゆる『三行半《みくだりはん》』を書けるのは夫に限られる。

だが、寺や奉行所に訴え、認められれば妻からでも離縁は可能。そして妻から離縁を切り出す原因として多いのは『稼ぎの少なさ』と『暴力』。

振り売りでわずかな日銭しか稼げず、ほぼあたしが食わせているハルの立場を鑑みると、残念ながら非常に分が悪い。うん？　残念ながら？

「おソラ、もしかして迷っているのかい？」

「迷う？　いいえ、迷ってはいない、と思う」

「そうだよねえ。迷う要素なんてどこにもない。私と一緒になる方が断然、利になる。聡《さと》いおソラなら当然分かっているよね」

「ええ、分かっていますとも」

無理矢理に張り付けた笑顔を向けて、あたしは答える。だが、心は其処《そこ》になかった。

大旦那さまとのやり取りが蘇《よみがえ》る。

「ソラや。お前の父親が失火の罪で江戸払いになった時、お前は一人残って丸屋を残すと言い張ったそうだね。その時すぐに助けてやることも出来たんだ。だが、その話を聞いて私は手を出さず見守る事にした。お前の心意気を大いに買ったんだ。小娘一人に何が出来る、と些《いささ》か意地悪な気持ちもあったがね」

煙草盆《たばこぼん》を引き寄せ、丁寧に煙管《きせる》に煙草を詰めていく。その体は一回りも大きくなり、纏《まと》う雰囲気も変わった。

「どうでしたか?」

「よくやっている、思っていた以上に。特にあの安藤狂斎《あんどうきょうさい》を取り込んだ事には、些かなりとも驚いたよ。だが、所詮は庭花火。子供のおもちゃだ」

「……」

煙管に火が入れられ、燻《くゆ》る紫煙がこちらまで流れてくる。

「如何《いかが》だい? そろそろ夢物語も醒《さ》めただろう。現実は甘くない。女が一人で、しかも咎《とが》を受けた店を立て直すのは容易な事ではないと分かったはずだ。再建には多額の金も、上に顔の利く後ろ盾もいる。大口の顧客を得るためには縁故だって必要だ。そのどれも出して上げようと言うんだ。悪い話じゃない」

「どうして、そこまでして頂けるのですか?」

「言っただろ? 私はお前の事を買っているんだ。あの根性なしの目付には丁度いい」

「目付?」

こめかみの辺りが、ぴくりと動く。

「こんな好機、二度はないはずだよ。ゆめゆめ逃さぬよう、お願いしますね」

煙管を置いた大旦那さまが見せた笑みは、すでに好々爺としたそれに戻っていた。

気付けば長屋近くの橋が見えてきた。そろそろここらで重吉さんとは別れなければ、そう思った矢先、いきなり後ろから抱《だ》き竦《すく》められた。

「ちょっと、止めて下さい！」

「恥ずかしがる事ないだろ？　前はよくこうしていたじゃないか。おソラの望んだ婿入りを父上に反対されて、一度は別れる事になったが、もうその問題は取り除かれた。私とおソラを阻む物は何もないんだよ。どうだい、このまま不忍池《しのばずのいけ》にでも行かないか？」

「まだあなたの女性問題が残ってるでしょ！　放して下さい！」

その時、偶然にも橋の向こう側からこちらを見る男と目が合った。仕事帰りだろうか、いつもは首にかけている箱を背に背負っている。最近、おらでも売れるようになったんですよと、嬉《うれ》しそうに話す顔が思い浮かぶ。男はにっこりと微笑《ほほえ》み、小さく頭を下げると人ごみの中へすっと消えていく。

心の臓が制御を失い、体中の血が凍りつく。

「ハルさん、待って！」

町の喧騒《けんそう》に掻《か》き消《け》され、あたしの声はどこにも届かない。駆け出そうとして、足が止まる。追いかけて、捕まえて、それから何と言うつもりだ？　やましい事など何もない、とでも？

ただ茫然《ぼうぜん》と立ち尽くす。

その日、あたしは長屋に帰らなかった。

「姐《ねえ》さん？　姐さん、起きてるかい？」

リンの呼ぶ声に、あたしはのろのろと上半身を起こす。

あの日、重吉さんと抱き合っているところを——正確には、後ろから抱き竦められていたのだが——ハルに見られてから、あたしは長屋に帰っていない。そろそろ十日になる。

その間、江戸郊外にある狂斎翁の家に転がり込んでいた。

それ以来、日がな一日何をするでもなくゴロゴロと過ごしている。まるで牛だな、と呆《あき》れながらも狂斎翁とリンは事情を聞く事もなく、あたしを置いてくれていた。

「リン、何？」

「お客さんだよ。姐さんに会いたいって」

視線で示した先には、タキとおシノちゃんが立っていた。

気まずさもあり、二人を外に連れ出す。人の気も知らないで、外はいつにない上天気。

「よくここが分かったね」

「リンちゃんだっけ？　一時うちの長屋に住んでたでしょ。あの子が教えてくれたの」

「そっか」

いつの間にやら、随分と気の利く娘に成長したものだ。

「そっか、じゃねえよ。何の連絡も寄越さず、ふらっといなくなって今日で十日だぜ？　さすがに心配するだろうが」

言葉こそ乱暴だが、タキが真剣に心配してくれているのはよく分かっている。おシノちゃんも。

「ごめん」

「一体、何があったの？」

「実は……」

これまでの事を掻い摘《つま》んで話す。タキもおシノちゃんも黙って話を聞いてくれていた。

そして話の最後に、一番気になっていた事を訊《たず》ねる。

「ハルさん、どうしてる？」

タキとおシノちゃんが顔を見合わす。

「普段通り生活してるよ。でもあれは——」

「もぬけの殻だな。心ここにあらずって感じで」

「……」

帰らない女房を、ハルは心配しているだろうか？　いや、あのハルが心配しないはずがないではないか。

「どうして帰ってあげないの？」

「……」

おシノちゃんの優しい声に、あたしは答えられない。

「迷ってるんだよ、ソラは。ハルか丸屋、どちらを取るかで」

「ははは……」

タキらしい遠慮のない物言いに、自虐めいた笑いが漏れる。

そうあたしは迷っているのだ。

ハルには偉そうに丸屋を再建すると嘯《うそぶ》いてはいたが、その道筋すら描けていないのが実情。大旦那さまの話に心動かされたのも事実。

「ぼんくらなのは、あたしの方じゃないか」

思わず天を仰ぐ。見上げた空はどこまでもどこまでも高くて、その青さが目に染みる。

思わず目元を覆った。

決められるわけないじゃないか、どちらが大切かなんて。

「ほれ」

折り畳まれた紙が差し出される。

「……鼻紙?」

「ちゃんと揉《も》んでから使えよ、って違うわ! 今朝発行されたばかりの刷りたてだ。隅々までよ～く見るんだぞ」

もたもたしながらも紙を開く。

「番付表じゃない? 一体、何の……」

お題を見て、目を見開く。

言われた通り隅々まで見ていくと、ある一点で息が止まった。

「えっ、これって!?」

顔を上げると、タキとおシノちゃんが揃《そろ》って意味ありげに笑う。

「でも、どうして……」

戸惑いながらも考える。そして割に早く、一つの答えにたどり着いた。導き出した答えに、笑みが零《こぼ》れる。

「ねえ、ハルさんに伝えて。明日、正午に向島《むこうじま》にある長命寺《ちょうめいじ》まで来てほしいって」

任せとけ! と胸を叩《たた》くタキと、朗らかに笑うおシノちゃん。

「あの～、姐さん?」
ほっとしたところに声が掛かる。視線を向けると困惑顔のリン。後ろにやたら体格のい
い男を従えている。男の腰を見れば二本差し。狂斎翁に絵を頼みに来た客だろうか?
「なに?」
「お客さんだよ、姐さんに」
「えっ、あたし?」
言い終わらぬうちに男がずいっと前に進み出る。やはり武士ともなると、それなりの威
圧感。
「失礼、丸屋ソラ殿ですな? いやあ、探しましたぞ。ご内儀様から御用を仰せつかり、
長屋を訪ねるもソラ殿はご不在。亭主殿に聞けば居場所も分からぬとか。困っておると、
たまたま家中に出入りする魚角屋《うおかくや》の番頭がここで見かけたと言うではないか。急ぎ参った
次第。いやあ、良かった良かった」
厳《いか》つい見た目とは裏腹に、いきなり一人でペラペラ喋《しゃべ》り出すお侍。ただただ困惑。
「あの～」
「これは失礼。拙者、川原家《かわはらけ》の家来で荒木清兵衛《あらきせいべえ》と申す」
あたしはタキ、おシノちゃんと顔を見合わす。そして、答えた。

「誰？」

翌日、あたしは午前中に用事を済ませ、その足で長命寺に向かった。

長命寺は大川の堤沿いにあるお寺で、ここも桜の名所として名高い。だが桜はもう見頃を過ぎ、人もいくらか疎《まば》らだ。

さてハルはどこかと周りを見渡す。

「そこの者、待て！」

鋭い声が飛ぶ。

何事かと振り返れば、浪人風の男が視界を塞ぐ。どうやら声を掛けられたのは、あたしのようだ。

「あの、あたしに何か御用でしょうか？」

男は返事もせず、ジッとこちらの様子をうかがっている。嫌な目だ。

こけた頬に不精髭《ぶしょうひげ》、伸びた月代《さかやき》が乱れた生活を物語る。当然、見覚えのない顔だ。

「もしやその方、丸屋の娘か？」

酒焼けし、かすれた声。

気づかれぬよう、じりじり後ずさる。

「ええ、そうですが」

答えるや否や、男はパッと腰の物を引き抜いた。ギラリと輝く白刃に息を飲む。

「ここで会ったが天のお導き。覚悟せよ！」

「はっ？」

と言う間もなく切りかかられた。何とか横に飛《と》び退《の》き、一刀目を躱《かわ》す。

「お待ち下さい！　あたしには何も身に覚えがございません。何かの間違いです」

「嘘《うそ》を吐《つ》くな！　その方、二年前に失火を出した丸屋、その娘であろう」

「それは……」

「我は何の何某《なにがし》が家臣にして、何の誰それ。貴様ら丸屋が出した失火により、我が主が家を焼け出されたのが事の始まり。次々に降りかかる不幸に主の何某は病に倒れ、ついぞ不遇の死を遂げたのは丁度一年前。それより仇《あだ》を討たんと探し回りし日々、ついに今日ここでめぐり会ったは神仏のお助け。いざ尋常に勝負、勝負!!」

「なんなんです、その芝居じみた台詞《せりふ》は！」

だが、浪人は聞く耳を持たない。長刀を大上段に構え、じりじりと迫ってくる。

後ろにはいつの間に出来たのか、二重三重に野次馬の人垣。

もう後がない。

「待って下さい！」

その時、飛び出して来たのは見覚えのある人影。

「ハル！」

小柄な体が、あたしと浪人の間を遮る。毎朝、仕事に出掛ける際に見送る後姿。いつもは頼りないそれが、いまは見違える程に頼もしい。

「な、なんだお前は？」

「おらは、いや、私はハルと申します。丸屋ハルでございます」

「丸屋？　お前が、丸屋の主なのか？」

当然の乱入者に驚いたのか、浪人は激しい戸惑いを見せる。が、すぐその目は嫌らしく歪《ゆが》む。

「そうか、最近、丸屋に婿入りしたというのはお前の事か。では、良《い》い事を教えてやろう。二年前の丸屋の失火は、その女の放火だ！　家を継がせない父親を追い出すため、自ら店に火をかけたのだ！」

あたしは焦った。

浪人の言った事に、ではない。そんな出鱈目《でたらめ》な話はどうでもいい。ただ、ハルがそれを聞いたら――、

「なるほど」

案の定、ハルは大きく頷《うなず》いた。

分かっている。ハルは人の言う事を疑わない。分かっているのに、言いようのない寂しさに唇を噛《か》む。

「ハルさん、あたしは──」

「でも、それは嘘です」

ハッとした。

「確かにおソラさんはお金にうるさい人です。わがままで、意地っ張りで、怒りっぽくって、お酒は飲み過ぎるし、人の話も聞きません」

「おい!」

「でも、笑顔が好きな人なんです。だからおソラさんは、おらの女房は自分の幸せの為《ため》に、他人を不幸にするような人では絶対ありません!」

「……」

顔から火が出た。な、何を言い出すんだ、うちの旦那は!!!

混乱したのは、あたしだけではない。騒めいていた野次馬達が一瞬で静まる。が、すぐに拍手と喝采が沸き起こった。や、やめろ!

「ぐぬぬ！」

すっかり引き立て役になってしまった浪人の顔が怒りに歪む。大股でハルに詰め寄ると、力一杯にその顔を殴りつける。

小柄な体は簡単に吹き飛ぶ。ひっくり返り、土煙の中を転がるハル。邪魔者を排除した浪人は再び、こちらに向き直り、刀を構える。が、

「お、お待ち下さい」

その足にハルが縋《すが》りつく。

「ええい、邪魔をするな！　放せ！」

浪人の怒りを込めた拳が二発、三発とハルの顔面を打つ。そのたび血しぶきが上がり、顔は見る間に赤く染まっていく。それでも足りないと分かると、浪人は空いた方の足で踏みつけ、蹴り上げ、また踏みつける。

だが、それでもハルはその手を放さない。

「いま丸屋の主はおらです。仇討《あだう》ちならどうか、主であるおらをお切り下さい」

無責任に囃《はや》し立《た》てていた野次馬達もいつの間にか静まり、ただ浪人が振り下ろす拳と蹴り、そして荒い息遣いだけが辺りに響く。

「やめて！　これ以上、その人に手を出すな！」

駆け寄ろうとするが、ハルが手を上げ、来るなの意志を示す。

「ええい、どかんか！」

柄頭《つかがしら》の一撃が、ハルの顔面にめり込むや、その意識までも刈り取る。ついに大の字に倒れるハル。

「ハル！」

駆け寄り、抱き起こす。

「お、ソラさん、逃げ……て」

腫れた唇から、ただうわ言が漏れる。

「いざ、お覚悟を」

再び振り上げられた白刃が、日の光に煌《きらめ》く。絶体絶命。

「待ちなさい！」

再び上がった声と共に、長身の男が颯爽《さっそう》と間に入ってくる。

「重吉さん」

半ば予想していたその名を呼ぶ。

「おのれ、次から次へと――」

怒りで顔を真っ赤に浪人が、重吉さんに切り掛かる。

一太刀、二太刀、だが当たらない。ひらり、ひらりと重吉さんはいとも容易《たやす》く躱してみせる。五条大橋《ごじょうおおはし》の牛若丸《うしわかまる》もかくやの身のこなし。だが、それだけに留まらない。疲れて動きが鈍くなった浪人の懐に飛び込むや、えい！ と手刀を振り下ろす。ぎゃあ、との悲鳴と共に、浪人の手から刀が滑り落ちる。透かさず重吉さんの拳が、浪人の髭面《ひげづら》を強《したた》かに打ち据えた。土煙を巻き上げ転がる浪人。

勝負ありだ。

覚えておれ、と捨て台詞を残し逃げ出す浪人。野次馬からはやんやの喝采。若い娘からは黄色い声が飛ぶ。

其処《そこ》に折悪《あ》しくパラパラと雨が降り出す。蜘蛛《くも》の子を散らすように野次馬が駆け出していく。

気づけば重吉さんの胸の中に抱き竦められていた。

「おソラ、怖かっただろ？ もう大丈夫だからね。これから何があっても、私が守ってあげるから」

何度も優しく頭を撫《な》でられた。

「ふっ」

鼻から息が漏れる。そこまでが限界だった。

「ふっ、はははははっ!!」

声を上げて笑ってしまった。

「おソラ!?」

突然の事に驚き、重吉さんはあたしの体から手を放す。そして一歩、二歩と後ずさる。

あたしを見るその目は、明らかに困惑していた。

まあ、助けた女がいきなり大声で笑い出したら、誰だって怖いだろう。

「おソラ、一体どうしたんだい?」

「ごめんなさい。もう我慢できなくなって。ああ、可笑《おか》しい」

あたしは目尻に浮かんだ涙を、雨粒と一緒に拭いとる。

「可笑しい？　何の事だい？」

「先程の茶番劇です。あの浪人といい、立ち回りといい、全部お芝居ですよね」

「な、何を言い出すんだい。そんな根拠がどこに……」

言葉とは裏腹に重吉さんの顔は強張《こわば》っている。先程大立ち回りを演じた時の余裕が何処《どこ》にも見られない。

「お忘れかもしれませんが、うちの出した失火はうちの店だけで消し止めています。どこにも延焼していません。だから、あのご浪人の主君が焼き出された、なんて事はありえないんです。少々調べが足りませんでしたね」

それでも丸屋が江戸追放の重い罰を受けたのは、たまたまその日が将軍様の日光出立《にっこう》の前日だったから。幕府の大事な日に騒ぎを起こした罪を問われたのだ。

「それにあの浪人、何で知ってたんでしょうね。あたしが婿を取った事。いままで行方も分からなかったのに。台本、書き直しですね」

何とか反論しようとする重吉さんだが、その目は盛大に泳ぎ、口を開いても言葉が出てこない。あらあら、いい男が台無し。

「不安だったんですね」

そんな年下の元恋人に、殊更優しい声で話しかける。

「ずっと連絡がない、居場所も分からない。さすがのあなたも、不安に思った事でしょう。そんな中、今日になって突然あたしが錠屋に現れた。しかも重吉さんに内緒で大旦那さまと話がしたい、なんて言い出す。ひょっとして自分が捨てられるかも、そう思ったのは当然です。だから、あなたは予《あらかじ》め準備していた計画を、急遽《きゅうきょ》実行する事にした。この茶番です。いかに自分が有能で頼りになるか、再認識させるために」

あたしは今朝、確かに錠屋を訪ねている。重吉さんとあのご浪人は、その後をつけて来たのだろう。ご苦労な事だ。

「……」

沈黙は肯定と捉えておく。

もっともその顔色が、如実に答えを物語っている。

こんな事しなくても、重吉さんの方が全てにおいて優れている事は、ちゃんと認識していたというのに。一言で言うなら、策士策に溺れる。或《あ》るいは骨折り損のくたびれ儲《もう》け、だろうか？

「あたしはあなたのそういう強かさを、高く評価します。好ましくさえ思っていますよ」

「えっ？」

「意外ですか？　この生き馬の目を抜くような世の中を生き抜くためには、人を出し抜く気概と強かさが必要です。あなたにはそれがある。今回の件で、あらためてそれが分かりました」

逆に人の良さなど、付け込まれるばかりで一文の得にすらならない。

ようやく重吉さんの顔に生気が戻ってくる。

「それじゃあ、おソラ」

喜色を浮かべる重吉さんに向かって、あたしはにっこりと微笑《ほほえ》む。

そして右手を高く振りかざした。

「うっ、ううん……」

腫れて塞がった瞼《まぶた》が、薄《うっす》らと開く。

「ハルさん、目が覚めましたか？」

声を掛けてやると、がばっ、と勢いよく跳ね起きるハル。だが、すぐに痛みに蹲《うずくま》る。

「いててて……」

「ほら、そんな急に起き上がらない。ひどい怪我《けが》なんですよ。無理に動かないで下さい」

「そ、それよりおソラさん、怪我はありませんか？　あの浪人は？」

青黒く腫れた瞼の向こう、微《かす》かに見える瞳には淀《よど》みのない光。

くすり、と笑う。

「本当に、人を疑うという事を知らない人ですね」

「えっ？」

「何でもありません、こちらの話。浪人の件は大丈夫です。重吉さんが追い払ってくれましたから。凄《すご》かったんですよ、えい！　やあ！　って」

身振り手振りを織り交ぜ説明してやる。

「そう、ですか」

安堵《あんど》とその他いろいろ、感情が入り混じった表情。

あたしを心配させた罰のつもりだったが、意地悪が過ぎただろうか。反省。

いつの間にか雨は上がっていた。気まぐれな通り雨。残り少なくなった桜の花弁が雨粒に濡《ぬ》れて揺れていた。

「あっ、そうだ。忘れないうちに、これを」

急に何か思い出したのか、ハルは懐から一枚の紙を取り出す。受け取ると、汗と雨でぐしゃぐしゃ。丁寧に皺《しわ》を伸ばしながら広げる。

「あら、三行半《みくだりはん》」

『三行半』とは文字通り三行と半分で書かれた書状。内容は夫から妻への離縁状。と、同時に妻の再婚許可状でもある。この三行半を受け取り、妻が『返り一札』という受取状を書けば離縁は成立する。

女性が再婚するためには『三行半』が必須であり、男性が再婚するにも『返り一札』が必要になる。

つまりあたしとハルはいま、離縁に片足を突っ込んだ状態。

「あの、重吉さんとの事、聞きました。それがおソラさんと丸屋にとって、どれだけ有益かって事も。だから、今日ここへ来るよう言われた時、きっと必要なんだろうなと思って書いてきました。書き方は大家さんに教えてもらって」

「用意がいいですね」

俯《うつむ》きながら、照れくさそうに頭を掻《か》くハル。褒めているわけではないのだが。そしてあたしは謝りたかっただけ。

重吉さんとの関係を誰から聞いたかは、あえて追及しないでおく。

代わりに一番大切な事を、訊《き》くことにする。

「ハルさんは、あたしと離縁したいんですか？」

沈黙。

雨のせいか、先程までの賑《にぎ》わいが嘘《うそ》のように静かだ。人のいなくなった境内を風が吹き抜けていく。ざわざわと木々の揺れる音が、どこまでも耳に心地いい。

何かを観念するようなため息の後、ハルはゆっくりと口を開く。

「駄目ですねえ。好きですって、行かないでって、本当は言いたいのに。言えないんです。自信がないから」

「言えないって、いま言ってるじゃないですか」

「本当だ!?」

あっ、と声を上げて驚くハル。本当に気付いていなかったらしい。その様子が可笑しくて。しばらく二人して笑った。

「それで、何の自信がないんですか?」

少し考える仕草のあと、

「あの、少しお話ししてもいいですか?」

「どうぞ。ゆっくり、ハルさんの思うままに話して下さい」

一度頭を掻いてから、ハルは話し始めた。

「昔から笑っている人を見るのが好きでした。喜んでいる姿を見るのが好きでした。だから出来るだけ多くの人に喜んでほしくて、笑ってほしくて、自分なりに頑張ってきたんです。でも、ダメでした。おらは何をやってもダメで、役に立たなくて、逆に迷惑ばかり。田舎では周りは顔見知りばかりだから、みんな何も言わず許してくれて。でもそれが辛《つら》くて、申し訳なくて」

「それで田舎を出て、江戸に出て来たんですか?」

小さく頷《うなず》く。

「江戸に出て来たら何か変わるかと思って。でも変わりませんでした。そりゃあ、そうですよ。結局、おソラさんや周りの人に迷惑ばかりかけて。分かってるんですよ、自分でもダメな奴だって事」

「そうですね。確かに、いろいろと迷惑は被《こうむ》りましたね」

自然と苦笑いが漏れる。

「だから、おソラさんを引き留めても、笑顔にする自信がなくて。それに橋の袂《たもと》でおソラさんと重吉さんが並んで歩いているのを見たんです。あの時、おソラさんが重吉さんに笑いかけていて、心からの笑顔に見えました。その時、決めたんです。本当は嫌だし、悲しいし、寂しいし、辛いし、苦しいし、ずっと一緒に居たいけど……。おソラさんだけには笑顔でいてほしい。おらがおソラさんを笑顔に出来るのは、これしかないから……」

話し終えると、ハルさんは首を垂れ、肩を震わせた。

愛おしさにため息が出た。

「この世界は目に見えるものだけが真実ではありません。むしろ隠れているものにこそ真実はあるんです。それと愛想笑いというものがある事も、覚えておいた方がいいですよ」

顔を上げたハルの擦り傷だらけの頬は濡れていた。きっと先程の雨のせいだろう。

「時にハルさん。この長命寺は桜餅が有名なんです。ご存じですか?」

殊更に明るく問いかけるあたしに、ハルは戸惑いながらも首を横に振る。

「小麦粉の皮の中に餡《あん》を入れ、それを何と塩漬けの桜の葉で包んであるんです。皮や餡はもちろんなんですが、丁度いい塩加減の桜の葉が重要なんです。桜の香りが楽しめるだけでなく、塩味が餡の甘さを引き立ててくれる、まさに絶妙な取り合わせ。桜の葉のない桜餅なんて、桜餅じゃないと言っても過言ではないんです」

「それは、そうでしょうね」

当たり前か。

「ところでこの桜餅、最初に考案されたのはこの寺の門番の方だそうです。毎日毎日降り積もる桜の葉っぱの処理に苦労されている時に思いつかれたそうです。凄いですよね、ただの厄介物としか思っていなかった桜の葉が、思わぬところで無くてはならない物に早変わり。きっとこの世に不要な物なんてないんです」

ただ、その大切さを分かっていないだけ。ただ、その生かし方をまだ知らないだけ。

桜の葉は花にも、実にも、種にもならない。でも、葉がなければ花も、実も、種も出来はしない。

桜の葉がなければ桜餅を食べた時に、鼻を抜けるあの香りを楽しめない。

「ハルさんは桜の葉だと、あたしは思います」

「おらが？　いやいや、そんな大層なものじゃないです」

大袈裟《おおげさ》な程に手を振る。桜の葉より自分を下にみる、そんならしさに相好を崩す。

「そう言うと思いました。でもハルさん、これを見て下さい」

あたしも懐から一枚の紙を取り出し、広げて見せる。

「何ですか、これ？」

「番付表です。花火屋の」

何でも格付けしたがる江戸では、毎年夏がくる前に花火屋の番付も発行される。これはタキが持って来てくれた今年のもの。

「丸屋はずっと西の大関だったんです。ここ見て下さい」

番付表の一点を指し示す。

「ああ、前頭のどん尻。凄く落ちているじゃないですか」

見た途端にハルの顔が曇る。

だが、あたしの声は喜びに弾む。

「いいえ、落ちたんじゃないんです。載ったんです！　返り咲いたんです！」

「えっ？」

去年の番付表に丸屋の名前はなかった。火事とその咎《とが》で丸屋は番付から姿を消した。それが二年ぶりに返り咲いたのだ。

「す、凄いじゃないですか！」

「はい。でも、どうして返り咲けたと思います?」

「それはおソラさんが頑張ってきたから」

「もちろんです」

謙遜する程、慎み深い性格ではない。

「でも、それだけじゃないんです。一つは江戸の町の人が丸屋の花火を覚えていて、尚《なお》も支持してくれた事。これは爺様《じいさま》や親父殿《おやじどの》の仕事の賜物《たまもの》。もう一つは丸屋がまだ潰れてない、江戸の町に健在だと知れ渡ったから。これは、ハルさんのお陰です」

「えっ、おらの?」

大きく、力強く頷く。

来る日も来る日も、雨が降ろうが、風が吹こうが、雪が積もろうが、毎日ハルは花火を売って歩いた。自らの足で大通りを渡り、声を上げて細い路地の一本一本を売り歩いた。愚直なハルの事だ、それこそ江戸中を。

それが何よりの宣伝になった。丸屋がまだ健在な事を、江戸中に知ってもらえた。

「それにハルさんは、何気に目立ちますからね」

風に商品を飛ばされては追いかけ、子供にねだられては花火を配り、人を助けようとしてドジを踏む。そんな間抜けな奴の姿を、くすりと笑いながら誰もが記憶にとどめた事だろう。背中に指した幟旗《のぼり》の屋号と共に。

「おら、役に立てたんですね？」

「はい、とっても」

恥ずかしそうに、頬を掻くハル。

その本当に嬉《うれ》しそうな顔が、だがすぐさま驚きのそれに変わる。

「これはもう要りませんね」

あたしが、三行半を破り捨てたから。

「ななな、何するんですか？」

「聞いていなかったんですか？　ハルさんは桜の葉なんです。桜の花にとっての桜の葉のように、桜餅にとっての塩漬けの桜の葉のように、丸屋にとってハルさんは必要なんです。なくてはならないんです」

「え、えっと、でも……」

「ええい、ごちゃごちゃ言うねえ！　破《わ》れ鍋《なべ》には綴蓋《とじぶた》が必要なんだ！　あたしにとって必要不可欠なんです、ハルさんは！」

「……」

顔から火が噴き出した。時たま猫も被《かぶ》らず本音が飛び出す悪癖が、こんな時に顔を出すとは。

「こほん。それにハルさんは勘違いしてます。夫が離縁すると言えば、すぐ離縁出来るわけではありません。もし夫が妻の財産を使い込んでいた場合、使った分を返済する義務があります。ほとんど稼ぎのないハルさんは、あたしが食べさせてきたようなものです。つまり財産の使い込みです」

恥ずかしさを誤魔化すため、冷静を装い一気に捲《まく》し立《た》てる。

「えっ、おらはおソラさんに借金があるって事ですか？」

「そうです。その借金を返済するまで離縁は出来ません」

ぽかん、とするハル。余程、衝撃的だったらしい。

「えっえっえっ、おソラさんの再婚話は？」

「今朝、断ってきました」


「なに、断るだと!?」

いつも泰然としている大旦那さまの表情が驚きに揺れる。なんでも思い通りになると思っている奴の、その横っ面を張ってやるのは実に気分がいい。

「はい。重吉さんの婿入りの件、こちらから断らせて頂きます」

もう一度、念を押す。

入道雲のような体が小刻みに震え出す。内から湧き上がってくる怒りを、必死に抑え込んでいるのが分かる。例えるなら噴火を待つ火山。

「お前は、もう少し賢《さか》しいと思っていたんだがね」

暗く、どすの利いた声が耳朶《じだ》に響く。縮み上がりそうになる心を励ます。

「お褒めにあずかり恐縮です。しかし女は皆、賢しいものとお考え下さい」

「何が気に入らない。丸屋を再建してやろうという申し出、金輪際ないはずだ。それが分からないお前でもあるまいに」

「ええ、ないと思います。ですが、あたしは別に丸屋を再建してほしいのではありません。あたしの手で、再建したいのです」

番付表を見た時、その事を思い出した。

金もない、後ろ盾も縁故もない。いいじゃないか。江戸はそんな奴らで溢《あふ》れている。それでも何とかなるのが江戸という町なのだ。

黙り込む大旦那さまを残し、あたしはその場を辞す。

「錠屋を、私を敵に回した事、忘れるなよ」

去り際の背に声が掛かった。あたしは振り返り、もう一度、大旦那さまと対峙《たいじ》する。

「一切承知。お互い江戸の花火職人、いずれ大川にて白黒つけさせて頂きます」

深く一礼し、今度こそあたしはその場をあとにした。


「……いいんですか？」

心配そうな顔をするハル。

「大丈夫です。花火の腕では絶対負けませんから」

「いや、それもそうなんですが。重吉さんの事……」

ここに至っても、まだ人の事を心配するか。呆《あき》れるとともに、愛嬌《あいきょう》に溢れた顔が不安に揺れるのを見ていたら、意地悪したくなった。

「そうねえ、あたしも重吉さんと再婚したかったんですけどね。重婚は重罪だし、こればっかりはどうにもなりません。仕方ないから、もう少し夫婦を続けるしかないかな」

腕を組んで、さも残念そうに首を振って見せる。

「おらの借金をチャラにするって方法は、ないんですか？」

「他の夫婦ならそれもありですが、あたし達にそれはありえません。なぜかって？　あたしはそれ程優しい女じゃないからです。貸したものはきっちり返してもらいますから。それとも借金、チャラにしてほしいんですか？」

威勢よくハルは首を横に振る。

「あの、なんか、すみません。おソラさんがお金に意地汚い人で良かったです。おら、凄《すご》く嬉しいです」

「妙な褒められ方ですね。まあ、いいです。話がまとまったところでお腹《なか》が空きました。さあ、桜餅買って帰りましょう」

返事も聞かず、さっさと先に歩き出す。慌ててハルが横に並ぶのを待って、その手をそっと握る。一瞬、体を強張《こわば》らせたハルだったが、すぐに握り返してきた。

面映《おもは》ゆい。でも、嫌じゃない。

「さあ、これから忙しくなりますよ！」

照れ隠しに繋《つな》いだ手を大きく振り、明るい声を上げる。

「えっ、どういう事です？」

不思議そうに小首を傾《かし》げるハル。

「仕事が来たんです。しかも打ち上げ花火」

昨日、あたしを訪ねてきたお侍。川原家の荒木様。

川原家はこの度、上役の接待を仰せつかった。これに川原家の当主は大いに張り切る。

重要な役目であろう事は想像に難くない。

川原家では総出で話し合いが行われた。時は文月の終わり。まだ暑さ厳しい時期。大川に船など出すのが良かろう。だが、折角船を出しても花火一つ上がらないのでは趣に欠ける。では、花火を手配しよう。さて、どこの花火屋に頼むべきか？

「と、いう事で我が丸屋がその仕事を仰せつかりました」

「うちがですか？」

ハルが声を上げて驚く。

そこ驚くところか！　いや、驚くよね。あたしも驚いた。だから、とっておきの秘密でもう一つ驚かせてやる。

「川原家は、おチョウさんの嫁ぎ先なんです」

ハルの目がこれ以上ない程に見開かれた。ほら、驚いた。

「これもあなたが拾ってきた縁なんですよ」

微笑《ほほえ》みと共に教えてやると、耳まで赤くし俯《うつむ》く。でも、その口元は緩んでいた。

旦那が喜んでいる様を楽しんでいたら、不意にハルが顔を上げた。

「おらだけじゃない。おらが拾って、おソラさんが繋いだ縁です」

思わぬ反撃に、ハッとした。

「ハルさんが拾ってきて、あたしが繋げた縁、ですか」

うちの旦那もなかなかどうして言うじゃないか。

「そう言えば、ひとつ言い忘れていた事がありました」

「なんですか？」

心が和らげば、素直な気持ちが溢れてくる。

「先程は助けに来てくれてありがとうございます。嬉しかったですよ」

「……おらも、言い忘れていた事があります」

「うん？　なんです？」

「お帰りなさい、おソラさん」

驚いて横を歩く旦那の顔を見る。赤い顔して、必死に前を向いていた。あたしはニヤリと笑う。

「はい、ただいま帰りました」

昔、お福に言われた。あたしが一人で生きていくのは無理だと。

なるほど、確かにあたしは一人では生きていけそうにない。一人は寂しいから。

でも、泣いて暮らすなんてあたしは嫌だ
だからあたしは、二人で笑って暮らしたい。

終章

夏は騒がしい季節だ。

太陽がカンカンと照る昼間は蟬《せみ》が鳴き、月が輝く夜の田畑で蛙《かえる》が鳴く。夕暮れに耳をすませば、遠くに聞こえるお囃子《はやし》の音色。

だから、夏の空気はどこか賑《にぎ》やかだ。そんな気がする。


皐月《さつき》二十八日。

本日の納涼期間の開始に合わせて、両国《りょうごく》では川開きが催され、恒例の花火が打ち上がる。大家さんの提案で、長屋の皆で花火見物に行く事になった。

朝から天気がいい。風も穏やかで花火見物にはもってこいの日和だ。

夕暮れ、長屋の皆がぞろぞろと集まってくる。

「おう、ハル。川開きは初めてだろ？　すげえ人だから覚悟しておけよ」

声を掛けてくれたのはお瀧《タキ》さん。今日も粋な装いが決まってる。おらから見ても、とにかく格好いい。

「迷子はもちろんだけど、スリや巾着切りも多いから。無闇にうろうろしちゃダメよ」

おっとりとした声の主はお篠《シン》さん。柔らかな口調とは裏腹に、三筋縞《みすじじま》の浴衣姿はいつにもまして艶っぽい。

「兄さん！　兄さんは両国へは行った事あるのかい？　あたい、実は初めてなんだ」

威勢よく駆け込んでくるのはお凛《リン》さん。師匠である狂斎《きょうさい》さんから許可が出たとかで、一緒に行く事になった。見違える程に大人びていて驚いたが、浴衣ではしゃぐ姿はまだまだ娘さんだ。

「ええ、以前にお鳥《チョウ》さんと一緒に見に行った事があります。ですよねぇ、おソラさん」

準備を終え、部屋から出て来たおソラさんに声を掛ける。損料屋で借りてきたという藍染めの浴衣姿が眩《まぶ》しい。

「そうね、そんな事もあったわね」

答えは素っ気ない。今日はとにかく機嫌が悪い。

「当たり前でしょ。川開きの日は川下で鍵屋《じょうや》が、川上では丸屋が、それぞれ花火を打ち上げる事になってたのよ。まさか川開きの日に花火を上げるのではなく、見る方に回るとは情けない」

朝からずっとこんな感じ。

「みんな揃《そろ》ったね。じゃあ、そろそろ行きましょうかね」

大家さんの号令一下、みんなでぞろぞろと大川《おおかわ》へと向かう。

おらとおソラさんは最後尾。

「ハルさん、忘れ物はないですね？　財布はちゃんと素肌に身に着けてありますか？　それから――」

横に並んだおソラさんの手を握る。

「はい、大切なものからは手を離さない、ですね」

「よろしい」

鷹揚《おうよう》に頷《うなず》き、ふっ、と笑みを零《こぼ》すおソラさん。どうやら機嫌が良くなったみたい。

両国橋《りょうごくばし》が近づくにつれ、人と賑わいが増していく。駆け出す者、のんびり歩く者。手を繋いだ親子、仲良く寄り添う夫婦。ほろ酔い気味の集団は、どこぞの長屋の住人だろうか。

みんな、楽しそうだ。

「花火って、いいですね」

「えっ？」

「夜空にパッと咲いて、パッと散る。その刹那の輝きを、これ程多くの人が楽しみにしている。たとえ下を向いて歩く人がいたとしても、花火が咲けば空を見上げる。それは素晴らしい事です。花火職人になりたい、おらはいま心からそう思っています」

わずかな沈黙のあと、

「ハルさん。どうしてうちの屋号が『丸屋』なのか、ご存じですか？」

突然の問いかけに、首を大きく横に振る。

「それは『丸』、つまり『球』が花火の理想の形の一つだからです。真ん丸お月さまは、どこから見ても必ず丸いでしょ？　誰が、どこに居ても、等しく美しい花火を見てほしい。そんな花火職人の願いを叶《かな》える理想の形なんです、丸は」

「なるほど」

「それに『丸』は『円《えん》』。『円』は『炎』と『縁』、花火屋が大事にする二つの『えん』に通じているんです」

思わず大きく頷き、感心する。

「そんな深い意味があったんですね。誰が考えたんです？」

「あたしがいま考えました。ただのこじつけです」

「あれ？」

肩透かしを食ったおらを見て、おソラさんは楽しそうに笑う。

「でもそう考えると、ハルさんが満月の夜にうちに落ちてきた事も、何か特別な縁のように思えてくるでしょ？」

そうだろうか？　そうかもしれない。

「来年はハルさんにも花火を打ち上げてもらいますからね。二人で、たくさんの人を笑顔にしましょう」

「……なんか泣かそうとしてません？」

「泣きそうでしょ？」

「はい」

清々《すがすが》しい笑い声と共に、肩にかかる重みとぬくもり。

黙っていると堪えきれなくなりそうで、慌てて口を開く。

「か、川開きは駄目でしたけど、今年は川原《かわはら》様の花火があります。もう準備は出来てるんですか？」

「もちろんです。久しぶりの打ち上げ花火ですから、抜かりありません。昨日、命名もしました」

「命名？　花火の名前ですか？」

おソラさんは大きく頷く。どこか得意げな顔。

「そうです。丸屋再建の一玉ですからね。あたしとハルさん、二人の名前を組み合わせる事にしました」

「おらとおソラさんの名前？　『晴《ハル》』と『天《ソラ》』？　あっ、分かりました。『晴天』ですね」

「違います！　なんであなたが上なんですか？　旦那は女房の尻に敷かれるものなんです。だから――」


『天晴《あっぱれ》!!』


「なるほど。それ、子供の名前にしてもいいですよね」

「にゃ、にゃにっ!?」

お後がよろしいようで。


〈了〉

あとがき

好きなものばかりを詰め込んだら、大切な物語になりました。
初めまして、しそたぬきと申します。
こうして皆さまにご挨拶させて頂ける機会に恵まれましたこと、大変幸せに思います。
手短ではありますが、お礼を。
富士見L文庫編集部さま。過分な評価と得難い機会を頂き、感謝するばかりです。
担当Fさま。お力添えのおかげで、拙い物語がここまで成長することが出来ました。
樹《いつき》もゆるさま。一目で晴れやかな心持ちになれる素敵な表紙は一生の宝物です。
マツモトケンゴさま。帯に頂いた心温まるコメントとイラスト、大切にいたします。
校正者さまはじめ刊行に携わって頂いた皆さまに心からお礼申し上げます。
Sさま。あなたとの出会いから生まれた物語です。またお会いできることを願って。
最後になりましたが、お手に取って頂いた皆さまに最大限の感謝を。

しそたぬき

この物語はフィクションです。

◆参考文献

・ものと人間の文化史183　花火（福澤徹三／法政大学出版局）
・一日江戸人（杉浦日向子／新潮文庫）
・浮世女房洒落日記（木下昇／中公文庫）
・江戸はスゴイ　世界一幸せな人びとの浮世ぐらし（堀口茉純／PHP新書）
・江戸の恋（田中優子／集英社新書）
・絵でみる江戸の女子図鑑（善養寺ススム／廣済堂出版）
・大江戸復元図鑑〈庶民編〉（笹間良彦／遊子館）

富士見L文庫

あっぱれ!!
わけあり夫婦《ふうふ》の花火屋騒動記《はなびやそうどうき》

しそたぬき

2022年7月15日　初版発行

発行者　青柳昌行
発　行　株式会社 KADOKAWA
〒102-8177　東京都千代田区富士見2-13-3
電話　0570-002-301（ナビダイヤル）

印刷所　株式会社暁印刷
製本所　本間製本株式会社
装丁者　西村弘美

ISBN 978-4-04-074567-1 C0193